노래가 숨결이 될 때

노래가 숨결이 될 때

내 삶에 찾아온 질문에 답하다

초 판 1쇄 2024년 06월 14일

지은이 이나열
펴낸이 류종렬

펴낸곳 미다스북스
본부장 임종익
편집장 이다경, 김가영
디자인 윤가희, 임인영
책임진행 이예나, 안채원, 김요섭, 임윤정

등록 2001년 3월 21일 제2001-000040호
주소 서울시 마포구 양화로 133 서교타워 711호
전화 02) 322-7802~3
팩스 02) 6007-1845
블로그 http://blog.naver.com/midasbooks
전자주소 midasbooks@hanmail.net
페이스북 https://www.facebook.com/midasbooks425
인스타그램 https://www.instagram.com/midasbooks

ISBN 979-11-6910-679-5 03810

값 16,800원

미다스북스는 다음세대에게 필요한 지혜와 교양을 생각합니다.

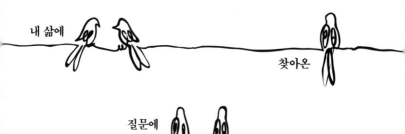

내 삶에 찾아온

질문에

답하다

노래가 숨결이 될 때

이나열 지음

미다스북스

♪

이나열

어느 날 노래가 내 삶의 질문에 답하기에

함께 나누고 싶어 글을 썼습니다.

글쓰기는 이기적인 나의 치유이자

누군가에게도 도움이 되는 글이 되길 바라며 씁니다.

생애 남은 나날들은 텍스트를 어루만지고 싶어,

현재는 매일 글쓰기와 책을 읽습니다.

요리를 좋아해서 가르치는 일도 합니다.

〈나엘 책방〉 1인 독립출판사도 운영합니다.

저서로는 『엄마가 챙겨주는 청소년의 아침식사』,

『800일간의 독서여행』 『노래가 숨결이 될 때』가 있습니다.

E-mail : naellee@naver.com

브런치스토리 : https://brunch.co.kr/@naellee

인스타그램 : @readingcook

세상을 살아가는 데 노래 한 곡조가 큰 위로가 되는 날이 있었습니다. 어느 날 텔레비전을 켜고 음악 방송이 나와 무심코 보고 있었어요. 가수가 아닌 배우가 진정한 마음으로 부르는 그 감정선에 마음이 동요되어 노래가 숨이 되는 순간을 만났습니다. 그날 이후 자주 듣지 않았던 노래를 찾아 들으며 일을 하거나 책을 읽게 되더군요. 물론 차 한잔을 마실 때도 말입니다. '아, 이래서 노래를 좋아하는구나.' 공감 가는 순간이었어요. 물론 드라마나 영화를 볼 때 OST에 대사와 함께 마음을 울리는 노래도 많습니다. 아마도 공감이 형성되는 따스한 곡들도 여

러분에게 있을 겁니다. 노래도 악기 못지않은 울림
이 있어 내 영혼을 달래 주는 충분한 악기가 됩니
다. 살다 보니 일상에서 찾아오는 글감들이 내 영혼
을 울린 노래와 함께 사연을 적어 내려가듯 글을 쓰
게 되었어요. 내 삶에 많은 질문과 영감을 가져다주
는 경험도 하게 되었습니다.

　누구나 노래를 좋아하고 부릅니다. 노래에는 멜
로디와 가사가 있지요. 지치고 힘든 영혼에 생기를
불어넣어 주듯 우리의 마음을 움직이고 따라 부르
게 만듭니다. 유독 이 책에 아버지의 이야기가 많이
나옵니다. 작년 마지막 달 마지막 날을 하루 앞두고
하늘나라로 돌아가셨어요. 아버지의 삶이 한편으로
제 마음의 노래에 많은 여운을 주고 가신 듯합니다.
노래에는 삶의 희로애락(喜怒哀樂)이 다 들어 있어
우리의 마음을 위로하고 공감해 줍니다. 누구나 듣
는 노래가 있을 거예요. 노래가 주는 각자의 의미를
알고 싶어 또 다른 지인 작가들에게 부탁했습니다.

그녀들(유정미, 이애리, 이은서, 정은찬, 최정란, 홍지현)의 노래 이야기도 함께 엮었습니다, 또한, 노래 곡목을 미리 QR코드 생성으로 만들어 1분 듣기와 노래의 가사를 스트리밍 사이트에서 보실 수 있어요. 노래를 들어 보시고 글을 읽으면 전달이 잘될 듯하여 구성해 보았습니다. 힘들고 지칠 때 노래 한 곡이 주는 위로가 숨결이 되어 삶에 잠시나마 위안과 평안으로 머물기를 바랍니다.

꿈을 이루도록 인도해 주신 하나님께 감사합니다. 언제나 글을 쓸 수 있도록 공간을 내어 준 서지민 자매에게도 감사하다는 말을 전하고 싶네요. 찬희, 민희에게도 엄마가 유일하게 줄 수 있는 사랑의 유산은 오직 책과 신앙이기에 열심히 글을 쓰고 있다고 말하고 싶습니다. 아름다운 노래가 영혼을 달래듯 내 지인 작가들(대학원 날글쟁이 동아리 동기들)에게도 항상 고맙다고 전하고 싶어요. 마음을 다해 기도해 주는 사랑하는 엄마와 막내 고모, 형제들, 목자님과 목원들 그리고 모든 내 편들에게 감사합니다. 이 책이 나오기까지 많은 수고를 해 주신 이다경 편집장님과 임종익 본부장님 그리고 미다스북스 출판사에도 감사드립니다.

24년 5월 푸르른 날에

목차

제1절

사랑이 답이야

이제 그 해답이 사랑이라면
나는 이 세상 모든 것들을 사랑하겠네

제2절

용기가 필요해

누구를 위해
누군가 기도하고 있나 봐

제3절

인생은 여행이지

오늘도 살아 내야지
지켜 낼 것이 나는 참 많으니

부록

나를 사랑해 주는 나의 사람들과
나의 길을 가고 싶어

사랑이 답이야

"이제 그 해답이 사랑이라면

나는 이 세상 모든 것들을 사랑하겠네."

– 조용필, 〈바람의 노래〉 중에서

01

사랑은 누구나

— ⟨I Love You⟩, 포지션

♪

"사랑에 빠지게 만들었던 미소로 날 떠나요.

그 미소 하나로

언제라도 그대를 찾아낼 수 있게."

— ⟨I Love You⟩ 중에서

〈I Love You〉의 원곡은 일본 가수 오자키 유타카가 불렀어요. 한국의 가수 포지션이 리메이크하여 불렀습니다. 많은 사랑을 받은 곡이지요. 이 노래를 〈불후의 명곡〉이라는 프로그램에서 배우 안세하가 불렀습니다. 사랑하는 연인을 그리워하는 애절한 호소가 노래에 그대로 담겨 마음에 확 와닿는 순간 눈물이 흐르더군요. 노래를 통해 이토록 감정이 북받쳐 눈물이 흐를 수도 있다는 걸 처음 경험해 보았습니다. 누구나 사랑하는 사람과 헤어짐은 정말 가슴 아픈 일이지요. 1년 전부터 연로하신 아버지가 점점 지난 삶의 기억과 헤어질 결심을 하고 있으셨습니다. 기억을 잡으려고 애쓰는 아빠의 마지막 인생 여행길이 제게는 가슴 아픈 일이었어요. 〈I Love You〉 노래가 애절한 그리움으로 들렸습니다.

애절한 그리움이 〈I Love You〉를 제 안에서 아버지를 향한 노래로 바꾸어 놓았습니다. 아버지의 새벽이 기억에 남아요. 개인택시 운전을 하시던 아버지는 '일찍 일어나는 새가 벌레를 잡는다.'라는 신념으로 새벽 운전을 고집하셨습니다. 3시에 일어나 밥상을 차리는 것은 온전히 엄마의 몫이었어요. 가장으로서 피곤해도 새벽을 고집하며 일어나셨을 겁니다. 엄마도 분명 가정을 위해 수고하는 당신의 남편을 위해 눈 비비고 일어나셨죠. 따끈한 밥 한 공기상 위에 올리고 국 한 그릇 든든하게 먹이기 위해 몸과 영혼이 따로 놀아도 정성스러운 밥상을 준비하셨을 겁니다. 아버지는 이제 노환으로 삶의 기억을 점점 잃어 가고 있으십니다. 아버지의 모습을 보면서 그제야 저도 헤어질 결심, 아버지와의 작별 인사를 합니다.

아버지는 당신의 가장 행복한 시간, 즉 갓 시집간 딸아이가 낳은 손녀딸을 기억하는 그 시간에 머물러 있으세요. 아버지는 딸에게 매일 오후에 전화를 걸어 물으셨습니다.

"아기는 잘 크고 있어? 네 목소리가 듣고 싶어 전화했어."

"응, 아빠. 잘하셨어. 아기는 잘 크고 있어요. 오늘은 몇 시에 일어나셨어요? 점심 식사는 하셨어요?"

멋쩍어하며 웃고 있을 아버지의 모습이 상상됩니다.

"오늘은 2시에 일어났어. 밥도 먹었는데 뭘 먹었는지 기억은 안 나. 엄마는 밖에 나갔어."

"응, 그러셨구나, 오늘 날씨가 좋아. 아빠, 내일도 전화해요."

아버지도 헤어질 결심을 하는 것처럼, 매일 통화 속 목소리는 떨리기도 하고 울먹이기도 합니다. 10년 전 홀로 두 아이를 키워 보니 가장의 무게가 이토록 무겁다는 것을 알았습니다. 그제야 아버지의 새벽 출근이 얼마나 아름다운 희생이었는지 조금은 알아 갑니다. 홀로된 막내딸을 지키기 위해 아파도 아프지 않다고 하고, 무슨 일이 생기면 달려오던 아버지는 내게 너무나 큰 힘이 되었어요. 그 울타리에 조금씩 조금씩 빈틈이 생기니 아버지의 노래를 부르지 않고는 힘들다는 생각이 듭니다.

소소하지만 노년에 일구던 텃밭에서 아버지는 작업을 하다 손을 다치셨습니다. 집에서 대충 붕대로 매어진 것을 보고 응급실을 모시고 가던 날입니다. 마취 없이 꿰매야 한다는 의사의 말에 놀란 딸에게 아버지는 담담히 말씀하셨습니다.

"하나도 안 아파. 걱정하지 마."

아버지의 말에 뒤돌아 눈물을 흘리고 말았습니다. 아버지는 딸에게 끝까지 영원한 보호자가 되고 싶었다는 것을 알게 되니 마음이 아팠어요. 매일 걸려 오는 전화가 오늘이 마지막이 될 수 있기에 최선을 다해 받아요. 가장 슬프지만 가장 명랑한 목소리로 메아리치는 말을 아버지의 귓가에 선사합니다.

"아빠, 내일도 전화해. 사랑해."
"응, 그래. 잘 있어. 사랑해."

어떤 날은 명랑하고 어떤 날은 헤어지기 두려운 떨림으로, 어떤 날은 마지막 인사처럼 들려오는 아버지의 목소리가 내 가슴에 평생 잊히지 않는 사랑의 언어로 남을 거라 믿어요.

'아빠, 저세상에서도 아빠가 나를 쉽게 찾을 수 있도록 가장 멋진 모습으로 살아갈게요. 부디 걱정하지 말아요. 사랑합니다.'

차마 아버지에게는 말하지 못하는 마음의 소리로 나 홀로 외쳐 봅니다. 〈I Love You〉 노래를 들을 때마다 아빠가 나를 향해 미소 지었던 그 모습을 기억하기에 언제라도 아빠를 찾아낼 수 있을 거예요.

02

실패와 고난의 시간이 올 때

– 〈바람의 노래〉, 조용필

"보다 많은 실패와 고뇌의 시간이
비켜 갈 수 없다는 걸 우린 깨달았네.
이제 그 해답이 사랑이라면
나는 이 세상 모든 것들을 사랑하겠네."

– 〈바람의 노래〉 중에서

세상을 살아가면서 인간에게 필요한 것 중 하나가 음악입니다. 영혼을 달래 줄 악기 하나쯤 가지고 있으면 좋다는 이야길 어디선가 들어 본 적이 있어요. 악기에는 노래도 포함이 된다고 합니다. 노래를 잘 부르지 않더라도 분명 나의 영혼을 달래 줄 역할이 가능합니다.

어렸을 적에 읽었던 『혹부리영감』이 생각이 났어요. 도깨비들조차도 노래를 좋아해서 혹이 달린 영감에게 노래를 잘하는 이유를 묻지 않았던가요? 착한 혹부리영감이 도깨비를 만났을 때 놀라고 무서워서 엉겁결에 대답한 것이 바로 혹에서 노래가 나온다고 그랬지요.

누구나 힘든 세상을 살고 있습니다. 노래 한 곡이 많은 위로가 되는 날도 있더군요. 태어나 죽을 때까지 인생은 어쩜 다 첫 경험이 됩니다. 그 첫 경험들을 우리는 음악과도 함께 하지요. 즐거워서도 노래를 부르고 슬퍼서도 노래를 부릅니다. 즐거운 날에는 노래에 신이 나는 흥이 붙고 슬픈 날에는 눈물이 마음에 붙어 위로를 줍니다. 힘든 세상에서는 모두가 평등해요. 누구나 나이가 많든 적든 서로에게 배울 점이 있습니다. 나이가 어리다고 무시할 필요도 없고, 나이가 많은 분들의 지혜도 귀담아들어야 합니다. 젊어서는 알 수 없었던 것들을 나이 먹어 가면서 경험치에 의해 배워요. 서로의 마음을 이해하고 공감하는 방법이 있습니다. 소설책을 읽는 거죠. 소설에서 내가 겪어 보지 않은 다른 삶을 살아 내는 캐릭터들을 통해 간접적으로 경험할 수 있습니다. 또 한 가지는 바로 노래가 아닌가 싶어요. 멜로디를 감싸 안은 노랫말에 철학적 의미와 시적 언어가 우리 삶을 돌아보게 합니다. 물론 세대 차이로 얻는 공감이 다를 순 있습니다만 한 번만 귀를 열고 들어 보세요. 자꾸 듣다 보면 세대 차이 없는 공감이 됩니다.

조용필 가수의 〈바람의 노래〉를 듣다 보니 해답

은 사랑이라고 합니다. 사랑은 혼자 할 수가 없어요. 사람도 혼자 살 수 없습니다. 우린 서로 사랑하며 살아야 해요. 미워하거나 원망하거나 할 시간이 없습니다. 모르니까 싸우고 모르니까 양보하지 못하고 배려하지 못하는지도 모릅니다. 사랑도 배워야 해요. 사랑받기 위해 태어난 인생이지만 사랑을 주는 것도 가장 멋진 삶이 될 겁니다. 하나님은 우리에게 서로 사랑하라고 합니다. 그래서 부부로 가족으로 친구로 이웃으로 묶어 주었는가 봐요. 많은 이를 사랑하기에는 시간도 없고 제약도 많습니다. 먼저 자신을 사랑할 줄 알아야 한다고 하지요. 서로를 사랑하면 아낌없이 주게 됩니다. 나의 자녀가 내 삶에 목숨보다 더 귀하게 여김을 받을 수 있는 것도 사랑하는 법을 배웠기 때문이지요.

삶을 살아가는 데에 있어 어려움은 늘 내 옆에 있습니다. 그 어려움에 많은 실패와 좌절 고통도 따르지요. 그 고통을 이겨 낼 수 있는 것은 서로 응원하고 배려하고 사랑하기 때문이 아닐까요? 힘들고 지치는 어느 날에 바람의 노래를 떠올려 보세요. 살포시 다가오는 노래가 나의 마음과 육체에 생기를 다시 불어넣어 줄 거라 믿습니다. 〈바람의 노래〉 원곡은 조용필 가수가 불렀습니다. 텔레비전 프로그램으로 진행되었던 〈뜨거운 씽어즈(Hot singers)〉 7회차 중 베테랑이라는 연예인 남성 중창단이 부르는 〈바람의 노래〉 방송을 보다가 눈물이 쏟아졌습니다. "생각보다 인생이 재미있어. 힘내라."라는 배우의 내레이션과 진정성 넘치는 노래 한 곡이 많은 위로가 되는 날이었어요. 세월이 흘러가면서 알게 되는 것들이 많습니다. 젊어서는 알 수 없었던 것들. 그래서 지금의 시간이 싫지 않습니다. 〈바람의 노래〉 키워드는 오직 사랑이에요.

사랑이란 무엇으로 정의를 내려야 할까요? 미셸 퓌에슈 철학자는 그의 저서 『사랑하다』에서 사랑을 이렇게 정의 내렸습니다. "어느 경우든 처음부터 마지막까지 사랑이란 돌보는 것이다. 상대를 돌보고 관계를 돌보며 또한 자신을 돌보는 것." 하지만 간혹 사람들이 돌보지 않는 가운데 사랑이 이어지지 못하는 사건들을 종종 접해요. 그것이 연인이든 부부간이든 부모 자식 사이든 자신에게든 말입니다.

그 반대로 끝까지 사랑을 지속하는 사람들도 있습니다.

사랑하며 호호 할머니, 할아버지가 될 때까지 사는 사람들,

부모님을 지극 정성으로 끝까지 돌보는 효성 깊은 자녀들,

어려운 형편이라도 자식을 위해 희생하는 부모들,

친구의 어려움을 돕거나 어려운 처지에 놓인 이들을 돕는 사람들,

자신을 사랑하는 사람들이지요.

미셸 퓌에슈의 『사랑하다』에서 "사랑이란 하나의

복합체이다. (중략) 스스로가 느끼고 말하는 것과 일치하는 행동을 하는 그 모든 것이 사랑이다."라고 말합니다. 마지막 문장에 동의해요. 말하는 것과 일치하는 행동은 바로 언행일치이지요. 사랑은 쉬운 일이 아니지만, 사랑만큼 아름다운 것은 없습니다.

03

인연은 언제든 찾아와

－〈홍연〉, 안예은

♪

"세상에 처음 날 때
인연인 사람들은
손과 손에 붉은 실이
이어진 채 온다 했죠."

－〈홍연〉 중에서

우리나라나 동양권 나라들의 비슷한 점은 사람들의 만남에 보이지 않는 실이 있다고 생각하는 것입니다. 〈홍연(붉은 실)〉이라는 노래가 있어요. 안예은 가수가 드라마 〈역적〉의 OST로 불렀던 노래입니다. 보이지 않는 붉은 실이 손과 손에 묶여 있어 만나야 할 사람은 꼭 만난다는 이야기지요. 만나야 할 사람은 언젠가 다시 만날 수도 있고 안 만날 수도 있을 겁니다. 시절로 끝나는 인연일 수도 있고, 죽기 전까지 어떻게든 만나는 사이가 될 수도 있습니다. 보이지 않는 붉은 실이 이어졌다고 해도 끊어질 수도 있다는 것입니다. 현재 내 곁에 있는 사람과의 만남에 충실할 때 서로에게 기쁨이 되지 않나 싶어요. 지나간 인연을 그리워하기보다는 현재의 인연에 감사하며 지내는 것이 좋은 인연이 될 것입니다.

사람의 인연을 뜻하는 단어가 어떻게 다가오느냐에 따라 그 길이와 깊이도 달라지는 것 같습니다.
누군가를 존경하는가?

누군가를 동경하는가?

누군가를 추앙하는가?

누군가를 흠모하고 열광하는가?

누군가를 옹호하는가?

누군가를 좋아하는가?

누군가에 매혹되었는가?

누군가를 아끼는가?

누군가를 신뢰하는가?

누군가에게 매력을 느끼는가?

누군가에게 보답해야 하는가?

이토록 많은 인연의 단어가 있다는 것을 알게 되었습니다.

김소연의 『마음 사전』에서 보면 "다가가거나 기다리거나 하는 사이에 배려가 있지만, 그 배려에는 쓰디쓴 상처의 흔적도 배어 있기 때문이다."라고 합니다. '배려'라는 단어는 여러 가지 조건들이 복합적으로 이루어져 있어요. 사랑도 있고 적당한 거리도 있고 이타적이기도 합니다. 우리 주변에 있는 가족, 친구, 스승, 이웃, 동료, 동기 등이 다가오거나 다가가거나, 지켜볼 때 우리의 붉은 실이 이어지지 않을까 싶어요.

좋은 관계를 맺어 오랜 인연으로 이어지는 것은 서로의 배려가 필요합니다. 한쪽의 배려만으로는 이어지지 않는 것이지요. 내가 만나야 할 사람들은 보이지 않는 붉은 실로 이어졌다 하지요. 서로를 찾아 만나게 되더라도 노력 없이는 시절 인연으로만 이어질 수 있다는 것입니다. 서로를 향한 간절한 마음이 있다 보면 보이지 않는 붉은 실이 서로를 만나게 할 겁니다. 다양한 만남의 단어를 가만히 들여다보시면 단어에는 서로에 대한 배려가 넘쳐 나는 따스함이 있습니다. '존경, 추앙, 옹호, 좋아함, 흠모, 열광, 매력' 이 단어들의 사전적 의미를 찾아보아도 선한(Good) 의미로 풀이가 되어 있습니다.

말 한마디에 인연도 이어지기도 하고 끊어지기도

합니다. 이미 마음 밭이 어떻게 준비되어 있느냐에 따라 달라진다는 것을 알게 되었습니다. 누구를 만나든지 간에 귀는 열어 두고 입을 다물어야 하는 자세가 필요해요. 지나친 말은 역시나 화근이 될 수 있습니다. 집중하여 듣는 자세와 마음이 필요합니다. 많이 들어 주고 가장 적게 말을 한다면 손과 손에 이어진 붉은 실이 진정한 인연을 찾아 만나게 할 것입니다.

04

오래도록 같이하고픈 기억

− 〈Remember Me:기억해 줘〉,

정동화, 안소명 (영화 〈코코 OST〉)

♪

"기억해 줘.

지금 떠나가지만 기억해 줘.

제발 혼자 울지 마."

− 〈Remember Me: 기억해 줘〉 중에서

애니메이션 영화 〈코코, 2017년〉이라는 작품이 있었습니다. 멕시코 어느 마을에 사는 소년 미구엘은 음악을 좋아해요. 하지만 미구엘의 고조할아버지가 음악을 하기 위해 가족과 집을 떠난 후 돌아오지 않아 미구엘의 집은 음악이 허용되지 않습니다. 이 고조할아버지의 딸이 코코예요. 미구엘은 노래 대회에 기타 없이 출전할 수 없습니다.

어느 날 미구엘은 '델라 크루즈'라는 전설적인 가수의 기타를 기념관에서 훔치기로 마음먹어요. 기타를 잡는 순간, 미구엘은 저주에 걸려 저승으로 넘어가게 됩니다. 미구엘은 그곳에서 죽은 가족을 만나고, 음악적 축복을 받으며 돌아옵니다만 (생략) 죽은 영혼들을 기억하지 않으면 영영 사라진다는 이야기입니다.

우리는 누군가와 작별을 할 때 힘들어합니다. 그 이별이 죽음이라고 하면 더욱 그렇지요. 작년에 아버지가 소천하셨을 때가 기억이 납니다. 자녀의 곁을 떠나는 아버지의 마음도, 아버지를 떠나보내는 자녀의 마음도, 모두가 힘들었어요. 그렇지만 여전히 아버지는 마음속에 기억으로 살아 있습니다. 서로에게 미안했던 일들도 서로가 사랑했던 순간도 있었기에 살아 있는 한 기억하며 그리워하겠지요.

"아침엔 종달새 되어 잠든 당신을 깨워줄게요.
밤에는 어둠 속에 별 되어 당신을 지켜 줄게요."

— 정동원, 〈천 개의 바람이 되어〉 중에서

이 노래 또한, 세상을 떠난 이의 마음을 담은 노래입니다. 천 개의 바람이 되어 곁에 머물겠다는 가사예요. 우리는 서로를 영원히 기억하길 바랍니다.

삶을 살아간다는 것은 더불어 입니다. 묵묵히 가거나 함께 걸어갑니다. 세상에 태어나 부모를 만나고 배우자를 만나는 일이 인간으로서 살아가는 가장 기본적인 흔적인지도 모릅니다. 물론 예외도 있겠지요. 한 사람으로 세상을 살아가는 것은 혼자 가는 길입니다. 그러나 더불어 살아가야만 오래도록 어울리며 평등하게 화합하며 살아갈 수 있어요. 사람은 세상에 태어날 때 사랑받기 위해 태어났다고 믿습니다. 사랑하는 사람을 만나 아름다운 가정을 꿈꾸며 '나와 사랑하는 사람을 위해'라는 마음과 사랑의 결실로 자녀를 낳습니다.

그 자녀에게 정성을 쏟는 일이 가정사이지만, 멀리 보면 나 혼자가 아닌 인류에 대한 사랑이지요. 인간은 고대부터 흔적을 남기기 좋아했습니다. 동굴에 벽에라도 삶의 역사를 기록했고 인류가 이어지길 바라는 마음에 번창을 소망했지요. 묵묵히 걸어가는 삶이 가장 쉽다지만, 흔적은 우리에게 없어서는 안 될 책임입니다. 부모님의 사랑과 염려 덕분에 내가 여태 숨 쉬며 살아가고 살아왔다고 믿어요.

사람이 태어나서 죽을 때까지 혼자 살아간다 해도 어느 곳이든 또 다른 삶의 흔적을 남기기 마련입니다. 밥을 먹어도, 커피 한 잔을 마셔도, 버스를 타더라도 우리에게는 분명 또 다른 이들의 노고의 흔적이 따라다닙니다. 눈으로 볼 수 없을 뿐이지요. 생명의 귀함을 느껴가는 시대를 살아가고 있습니다. 자식을 낳아 키우는 일이 힘들기에 포기하는 시대에 살고 있어요. 아름다운 이 세상의 불빛이 꺼져가지 않길 바라는 마음입니다.

세상의 모든 이야기도 흔적이고 일상에서 스쳐지나가는 만남도 흔적입니다. 누군가가 나를 기억해 주거나 내가 누군가를 기억하며 살아갈 수 있다는 것은 축복입니다. 그러니 우리 서로를 기억해요.

05

내게 주어진 사랑은
– 〈가족〉, 이승환

"밤늦은 길을 걸어서
지친 하루를 되돌아오면
언제나 나를 맞는 깊은 어둠과
고요히 잠든 가족들."

– 〈가족〉 중에서

동남향의 구조인지라 햇볕이 아침 일찍 찾아오는 집입니다. 번듯하게 수호신다운 면모를 보여 주며 창가 앞에 우뚝 서 있는 세 그루의 소나무가 지나친 햇볕을 살짝 덮어 줍니다. 마당이 없는 집 공동체 아파트이지만, 베란다 앞에 세 그루의 소나무가 늠름한 장군처럼 우리 집을 지키고 있어요. 다행이라고 해야 하나요? 베란다 창가 앞 건너편에는 아파트도 없습니다. 작은 도로 사이로 동네 공원과 탄천이 흐르는 명당이에요. 그뿐인가요! 북쪽으로는 동네 야산이 있어 배수 임산에 걸맞은 조건이니 진심 명당이라고 할 수 있습니다.

베란다 창가 앞에 서 있는 소나무의 기운이 전해지듯 집은 밝고도 늘 편안함을 줍니다. 침대 소파에 누워 보니 소나무 가지가 쫙 펼쳐 있는 모양새가 마치 임금님의 머리를 보호하기 위한 슈룹 우산의 옛말 같은 느낌이 들었어요. 꼭 우리 집을 수호하는 듯한 나무가 참으로 마음에 듭니다. 이사를 와서 소나무를 처음 봤을 때는 네 그루였어요. 그런데 3년 전에 소나무 하나가 색이 변하더니 끝내 운명을 다했는지 관리 사무실에서 잘라 내 버렸습니다.

언제부터인지 소나무가 시름시름 해지니 왠지 안타까웠고, 그해 저도 몹시 아팠습니다. 소화가 되지 않았고, 배가 많이 아파 설사를 시도 때도 없이 했어요. 왜 아픈지 모른 채 응급실을 다섯 번이나 갔지만, 병명을 찾지 못하고 헤매고 있을 때 소나무도 점점 푸른 잎이 누렇게 누렇게 변하고 있었습니다. 왜 소나무에 병이 들었을까? 손을 쓸 수 없이 소나무를 바라만 보았어요. 다만, '저 소나무가 더 아프지 않게 하소서.'라고 소원했습니다.

우연의 일치겠지만 쓸개를 떼어 냈고, 소나무 한 그루도 네 그루의 소나무에서 결국 잘려 나갔어요. 한동안 소나무의 잘려 나간 자리가 허전했습니다. 지금은 굳이 찾아봐야 알 것 같은 빈자리에요. 나의 몸도 겉으론 장기가 떼어 없어졌는지 알 순 없습니다. 생체 중 장기 하나가 떨어져 나간 후유증은 오래도록 회복하기까지 긴 시간이 걸렸어요.

　일상에서도 우리는 알게 모르게 나무를 보고나 스치며 지나갑니다. 나무 한 그루를 심고자 하는 마음이 바로 자연과 더불어 살아야 하는 공동체라는 생각이에요. 도심이기에 더더욱 많은 나무를 볼 순 없습니다. 허허벌판에 오로지 빌딩과 아파트, 주택이라는 구조로는 절대 살 수 없습니다. 상상만 해도 끔찍한 광경이지요. 소나무는 사시사철 푸릅니다. 소나무 아래 앉아 있으면 인간에게 이로운 기운이 나와 몸을 건강하게 해 준다는 주장이 있어요. 피톤치드의 효과입니다. 봄에 새순을 트이기 위해 가을엔 무거운 잎을 떨어 버립니다. 나무는 겨울에 뿌리 깊숙한 곳으로부터 양분을 채우는 작업을 해요. 그래야만 몸통을 지나 가지의 끝으로 새순을 보낼 자양분이 생기기 때문입니다. 그런데 소나무는 사시사철 그 과정을 생략하는 것처럼 보이지만, 분명 소나무도 그리하고 있어요. 그래서 옛날부터 소나무는 '절개가 있다.', '변함이 없다.'라는 말들을 붙여 주는 것이죠. 이처럼 사람의 몸이나 집을 지키는 일이 소나무와 닮았다는 생각입니다. 변함없는 사랑으로 돌보고 책임지고 절개를 지키고 의무를 다하고 성장을 위해 자양분을 내어 주는 것이 바로 소나무와 닮았습니다.

내가 아플 때 소나무 한 그루가 아팠던 것처럼 나의 회복이 소나무의 희생으로 다시 원기를 얻은 것 같은 마음이 들었던 것은 무엇이었을까요? 비록 울타리 안에 마당도 없는 아파트이지만, 세 그루의 소나무가 바람에 흔들릴 때도 햇볕에 기운이 떨어질 만도 한데 잘도 견뎌 주었습니다. 추운 겨울에 눈이 내려도 견디고 비바람이 불어도 나와 우리 집을 지키고 있어요.

이처럼 소나무는 나를 돌보고 가족을 돌보고 집을 돌보며 우리 집 앞에서 자라고 있습니다. 소나무처럼 우리 집도 성장하고 있었다는 것을 겨울이 지나고 봄이 되어서 비로소 알게 되었어요. 겨울 동안 원고와 씨름하며 봄에 두 번째 책을 출간했습니다. 힘들 때마다 베란다의 세 그루의 소나무를 바라보며 여전히 우리 집을 지켜 주는 것에 감사했어요. 감사는 살아감에 있어 긍정을 이끄는 충전의 시간입니다. 세 그루의 소나무가 서로가 서로에게 기대어 있듯이 우리 집의 가족들도 서로가 서로에게 기대며 소나무같이 우뚝 서 있길 바라는 마음뿐이에요.

우찬제의 『나무의 수사학』에서는 "나무와 교감하고, 나무의 말을 들으며, 나무를 따라 온갖 가능성의 우주를 감각할 수 있는 시절이 행복했다."라는 문장이 유독 마음에 들었습니다.

나만의 나무 한 그루 우주목(宇宙木)을 키우며 인생을 행복하게 살아가고자 하는 마음이 생긴 것 같아요. 나무에 따라 우주를 감각할 수 있는 행복이 누구에게든 하나씩 생기길 소망합니다.

06

난 너의 숲이 되어 볼게
– 〈숲〉, 최유리

"난 저기 숲이 돼 볼게.
너는 자그맣기만 한 언덕 위를
오르며 날 바라볼래."

– 〈숲〉 중에서

옛날에는 마당 끝에 화장실이 있었습니다. 어린 딸은 혼자 가기가 무서워 아빠에게 화장실에 같이 가 주길 부탁합니다. 아빠도 딸의 말을 듣고 함께 밖으로 나가요.

"아빠, 무서워. 혼자 못 가겠어. 같이 가 줘."
"그래, 아빠가 밖에서 기다리고 있을게."

재래식 화장실은 그야말로 냄새도 나고 화장실 깊이감도 높았고, 어린아이에게는 무서운 곳이었어요. 아마도 1970년대 중반까지 일반 한옥형 주택은 그랬습니다. 주택에서 아파트로 이사 후에는 수세식이라서 무섭지 않았어요. 화장실 앞에서 기다리셨던 아버지가 그리 좋았습니다. 무섭지도 않았어요. 아빠가 모든 것을 다 해 줄 수 있었고 아빠는 힘이 세다고 믿었습니다. 아빠는 자녀에게 슈퍼맨이셨어요. 아빠는 어린 딸에게 숲과 같은 존재입니다. 막내딸 직장 앞으로 종종 시간이 맞으면 점심때 식사하러 오셨어요. 함께 영화도 보는 친구 같은 부녀 사이였습니다. 결혼 후에 친정과의 거리가 멀어져 자주 부모님을 뵙지 못했습니다. 아이를 낳고 아이들이 커 가면서 동시에 부모님은 점점 늙어져만 가셨습니다, 특히 아버지의 등은 점점 휘어져만 가시더군요.

어느 날, 별이 보고 싶다던 큰아이의 소망이 이루어지던 날이었어요. 바로 천문대에서의 별 보기 행사였습니다. 홀로 아이 둘을 데려갈 수 없어 아버지와 동행을 부탁드렸더니 흔쾌히 따라 나셨습니다. 참으로 반짝이는 아름다운 별이 가득한 밤이었어요. 아이들에게는 재미난 경험이 되어 준 별 보기와 글램핑이 준비된 곳이었어요. 흐르는 맑은 계곡에 발을 담그니 바로 땀이 식어 버리는 놀라운 자연의 법칙을 몸소 체험도 했어요. 야생에서 자는 텐트 안에는 밖으로부터 들려오는 계곡의 물소리와 새 소리 덕분에 잠을 설치기도 했습니다.

물놀이를 할 수 있는 안전한 계곡에서 할아버지와 노는 막내 손녀가 "할아버지 오래오래 사세요. 백수 하셔야 해요."라며 할아버지를 껴안으며 매달렸어요. "아빠가 오래 사셔야 손녀딸 시집가는 것까지 보실 수 있지요."라고 말씀을 드렸더니 아버지는 손녀와 딸의 말에 미소를 지으셨습니다.

아버지라는 존재를 정의할 때 가정을 위해 돈을 벌어 오는 분, 자식을 위해 당연히 희생을 감수하는 분이라고 생각했어요. 하지만 나이가 들어 감에 따라 아버지를 향한 마음도 아버지의 존재에 대한 정의도 달라졌습니다. 나이가 어릴 때 아버지에 대한 시각은 유명한 사업가도 돈을 많이 벌어 오는 회사원도 아니라고 생각했습니다. 자녀 교육에 열의를 갖는 분도 아니라고 혼자 단정했죠. 늘 마음 한편에 불만이 있었어요. 나이가 들어 아버지를 바라보는 마음은 아쉬움과 위대함으로 바뀌어 갑니다. 향년 90세 아버지는 몇 년 전부터 두 다리로 걷지를 못하시고 지팡이를 짚고 다니십니다. 육체적으로 나약해지시는 모습이 아쉽습니다. 4남매를 먹이고 입히고 가르치고 시집, 장가를 보내고도 끝까지 숲이 되려는 모습은 정말 위대합니다. 이제는 육체적으로나 정신적으로 나약해지는 아버지의 모습이 그저 야속해져만 가요. 아버지에 대한 수많은 기억이 좋았든 나빴든 아버지는 나의 힘이고 울타리이고 숲입니다.

  숲속에서의 하룻밤은 별을 보러 온 할아버지와 손녀에게 잊을 수 없는 추억을 만들어 주었어요. 아버지의 굽어진 등을 통해 내 마음의 숲이었던 아버지가 저를 의지하길 바라는 마음이 생겼습니다. 아버지의 숲에서 자녀의 숲으로 이어지는 가족의 돌봄은 당연한 인간의 의무이자 도리입니다. 돌봄은 부모와 자식 사이의 사랑이며 살아간다는 것의 의미입니다. 태어나서 성장하기까지 아버지라는 숲에서 마음껏 뛰어놀고 편안히 쉴 수 있어 한 인간으로 잘 성장했어요. 숲이 되어 준 부모님께 감사하고 숲이 되어 있는 지금의 자리와 앞으로 숲이 되어 줄 자녀가 있어 감사한 시간입니다. 서로에게 숲이 되는 사이가 되면 좋겠습니다.

07

인생에 달콤함이 필요할 때
– 〈밤양갱〉, 비비(BIBI)

"너는 바라는 게 너무나 많아.

아냐. 내가 늘 바란 건 하나야.

한 개뿐이야. 달디단 밤양갱."

– 〈밤양갱〉 중에서

할머니의 서랍은 보물창고였습니다. 서랍장 위에서 두 번째 칸에는 간식이 가득했어요. 할머니는 오후 3~4시에 간식을 드시는 습관이 있으셨습니다. 특히 달달한 양갱을 좋아하셨어요. 할머니와 같이 살았던 시간이 길어서일까요? 할머니의 입맛을 따라 양갱을 좋아하고, 아이들 입맛에 맞지 않는 조개 젓도 좋아했습니다. 마실(마실의 뜻은 이웃에 놀러 다니는 일입니다.)을 따라다니는 재미는 할머니의 친구 집에도 달짝지근한 간식이 많았기 때문이에요.

양갱은 팥이 주원료입니다. 유난히 팥을 좋아했어요. 팥빙수, 팥빵, 팥칼국수, 붕어빵, 단팥죽, 팥 찰밥 등등 팥이 들어간 요리는 무조건 좋아했습니다. 어학연수 시절 프랑스 제과에는 팥이 들어간 빵이나 과자류가 없었어요. 팥이 먹고 싶은데 찾을 길 없어 한국에 계신 부모님께 부탁을 드렸습니다. 시판용 단팥죽과 양갱을 보내 달라고. 소포로 한 상자를 받고 나니 부자가 된 기분이었어요. 아껴서 먹었던 기억이 가득합니다.

양갱을 먹는 방법은 다양합니다. 조리 방법을 알려 드릴게요. 첫 번째로는 기본으로 그냥 먹는 것입니다. 두 번째로는 시판용 소금빵을 산 후, 반을 갈라 양갱을 길이로 반 잘라 버터와 함께 넣어 주면 일명 '앙버터소금빵'이 됩니다. 세 번째로는 양갱을 지퍼백에 넣어 으깹니다. 거기에 다진 구운 호두를 넣어 잘 섞어요. 모닝빵을 반 갈라 양갱과 호두를 섞은 소를 넣어 주면 '호두팥빵'이 됩니다. 네 번째로는 시판용 붕어빵 믹스에 양갱을 먹기 좋은 크기로 넣고 붕어빵 틀이나 마들렌 틀에 부어 넣어요. 이제 오븐에 구우면 붕어빵이나 팥앙금 마들렌이 완성됩니다.

어느 날 SNS에 비비의 〈밤양갱〉 노래가 자주 올라왔습니다. 주변에서 요즘 인기곡이라고 일러 주었습니다. 유튜브를 검색하여 들어 보니 가사에 공감이 가득했어요. 연애 중이거나 가족 사이에도, 친구 간에도 우리는 서로 바라는 것이 많습니다. 서로의 욕구가 채워지지 않으면 감정적으로 화를 내거나 삐집니다. 사람들은 많은 것을 바라기보다 〈밤양갱〉의 가사처럼 다디단 '밤양갱' 같은 달콤한 관심을 바랍니다. 모두의 마음은 누구나 다 똑같겠죠? 달짝지근한 밤양갱처럼 혈당을 올려 뇌의 엔도르핀이 쏟아져 행복해지는 빈도수가 높아지길 바라는 것입니다.

"엄마는 왜 그리 팥이 좋아요?"

팥을 사랑하는 제게 딸아이가 묻습니다. 어디선가 들었던 이야기가 생각나서 아이에게 대답을 해주었어요.

"음, 그냥 팥이 좋고. 또, 식품의 색이나 모양이 신체와 비슷할 경우 몸에 좋다는 이야기가 있어. 팥은 콩팥과 신장에 좋다고 들었어."

인생을 살아감에 있어 사랑하며 살아가야 한다면 서로에게 '달콤한 밤양갱'이 되면 좋을 것 같아요. 뭘 그리 바라는 게 많으냐고 할지도 모르지요. 단순하게 생각해 보라고 말하고 싶습니다. 달콤하면 얼굴의 근육이 이완될뿐더러 기분이 상승하지요. 에너지도 생기고 여유가 생기기에 마음이 너그러워집니다. 말도 이쁘게 나올 거예요. 그렇다면 상대방의 마음을 움직이고도 남지요. 다디단 밤양갱을 내가 먼저 먹고 달콤한 기분으로 사랑의 언어를 슬며시 건네 보면 좋을 겁니다.

08

'함께'가 필요한 순간

– 〈가을밤에 든 생각〉, 잔나비

"새까만 밤하늘을 수놓은 별빛마저
불어오는 바람 따라가고.
보고픈 그대 생각 짙어져 가는
시월의 아름다운 이 밤에."

– 〈가을밤에 든 생각〉 중에서

아름다웠던 추억은 수많은 바람이 불어온대도 잊지 않게 되는가 봅니다.

버스를 타고 가다가 슬며시 손을 꼭 잡아 준 남편의 온기를 기억하는 아내. 대학입시에서 떨어져 고개를 떨군 딸아이의 어깨를 품어 주는 아버지. 아버지가 소천하셨을 때 멀리 있는 길도 마다하지 않고 한걸음에 달려와 위로해 줬던 친구들.

무거운 장바구니를 들고 가는 길에 딸이 장바구니를 들어 주던 기억들은 마음과 행동이 일치하여 마음에 깊이 저장되어 힘이 납니다. 우리가 기억하는 아름다운 추억들은 하늘에 수많은 별처럼 수놓아지길 바랍니다. 세상이 무너질 듯 살아갈 기운이 없을 때도 혼자만이 아닙니다. 내 곁에 있는 사람들이 있더군요. 친구들이 말해 줍니다.

"친구야, 너는 다시 할 수 있어. 그동안 최선을 다했잖아."

"하루하루 버티다 보면 새로운 길이 열릴 거야."

"사랑해, 걱정하지 마. 다 잘될 거야."

용기의 말과 함께 누군가는 나를 안아 주고 품어 줍니다. 사람이 산다는 것은 그렇게 아름다운 것을 기억하는 것만으로도 살아갈 힘이 나지요.

나를 기억하고 응원하는 이들이 있기에 삶의 희망을 절대 날려 보내지 않을 겁니다. 누군가의 덕분과 나의 감사가 모이면 함께 하는 힘이 있어요. '잊힐까?' 두려워하지 않아도 됩니다. 어느 누군가는 나를 반드시 기억합니다.

저 하늘의 별, 저 하늘의 달, 저 하늘의 태양이, 수많은 바람이 불어와도 매일매일 그 자리를 지키고 있습니다.

코로나 때 일입니다. 갑자기 하던 일에서 대책 없이 손을 놓아야 했지요. 아마도 저와 같은 상황에 놓여 있던 분들이 많았을 겁니다. 자신이 하던 일을 하지 못하는 무력감과 두려움, 불안이 삶에 크나큰 타격을 주었지요. 사람은 사람으로 인해 상처를 입기도 하지만 사람 때문에 사랑과 용기를 얻어 살아가기도 합니다. 기독교에서는 긍휼, 불교에서는 자비라는 단어를 사용합니다. 사람들은 어려운 사람을 그냥 지나치지 않아요. 인정과 친절, 호의를 베풀어 함께 삽니다. 어려운 시기에 국가도 나서지만, 이웃도 함께 도왔습니다. 지인들의 마음 씀씀이 덕분에 어려웠던 코로나 시기를 잘 극복했던 기억이 있어요. 긍휼과 자비라는 단어는 또 하나의 사랑입니다. 나에게 베풀었던 이웃의 사랑을 결코 잊지 못합니다.

 가족이 코로나에 걸렸을 때 문 앞에 쌓인 선물들이 가득했어요. 타이레놀부터 마스크 그리고 먹거리, 간식 등을 소리 없이 가져다 놓았습니다. 문자로 힘내라고 메시지를 남기는 지인들과 친구 그리고 이웃의 나눔이 있었어요. 혼자가 아닌 '함께' 하고 있다는 버팀목이 되어 주었습니다. 저도 작은 실천을 꾸준히 하고 있어요. 블로그에 글(포스팅)을 올리다 보면 해피 콩이 쌓입니다. 그것을 사회단체에 기부해요. 적은 금액이라도 모이면 큰돈이 될 겁니다. 내가 받은 긍휼을 누군가에게 전하는 것이 가장 좋은 방법이라고 생각합니다. 적어도 나눌 수 있는 마음 즉 콩 한 쪽도 나누어 먹는다는 그 마음이 사랑입니다. 시월의 아름다운 이 밤에 기억할 수 있는 것들을 찾아보세요. 소소하더라도 많이 있을 겁니다. 내게 가진 것이 없다고 속상해하지 않아도 됩니다. 이제라도 함께 할 수 있는 것을 찾아 해 보면 되거든요.

용기가 필요해

"누구를 위해 누군가 기도하고 있나 봐."

– 아이유, 〈Love Poem〉 중에서

09

손에 쥔 것을 놓을 용기

– 〈김철수 씨 이야기〉, 허회경

♪

"사실 너도 똑같더라고
내 사랑은 늘 재앙이 되고
재앙은 항상 사랑이 돼."

– 〈김철수 씨 이야기〉 중에서

〈김철수 씨 이야기〉를 작은딸이 추천해 주었습니다. 독특한 음색의 가수 허회경의 감미로우면서도 무심한 듯 툭툭 던지는 목소리가 나의 마음을 노크한 후 들어오네요.

가사에는 젊은이들의 불안과 두려움이 있습니다. 또한, 재앙이 항상 사랑이 된다는 아이러니한 가사가 있는 것처럼, 우리 삶에 힘듦이 때로는 역경을 이겨 내는 힘이 되기도 합니다. 평화롭고 행복한 시간이 때론 재앙이 될 수도 있고, 재앙 같은 환경이 다시 불끈 힘을 내게 하는 사랑이 될 수도 있다는 이 노래 〈김철수 씨 이야기〉가 우리의 삶을 살아가고 있는 짠한 이야기가 되는 것 같아 공감이 갑니다. 이 가사에 많은 사람이 공감한다는 건 누구나 완벽한 삶을 살아간다는 건 아니라는 이야기죠. 제목을 〈김철수 씨 이야기〉로 지은 것은, 아마도 평범한 이름과 누구나 겪는 일이라서 평범하게 받아들이라는 뜻이 아닐까 싶습니다.

노래를 유튜브에서 찾아 듣다가 댓글들을 읽어 보니 많은 이들이 격하게 공감하는 부분들이 많은 것 같았어요. '나만 겪는 특별한 일'이 아니라는 것이지요? 인생을 살아 보니 기쁠 때는 맘껏 기뻐하고 슬플 때도 맘껏 슬퍼하며 살았으면 좋겠다고 청취자들이 말을 이어 갑니다. 재앙은 혼자만의 것이 아닐 수도 있어요. 누구나 남에게 상처를 줄 수 있습니다.

우리의 인생이 짠하게 느껴지는 가사 말에 아마도 공감되어 울림이 있나 봅니다. 특별한 것이 모여 평범함이 되고, 사랑이 재앙이 되기도 하고 재앙이 사랑이 되기도 한다는 말에서 공평하다는 생각도 들어요. 잘 산다고 해도 걱정이 있고 못 산다고 해도 행복은 있습니다.

어떻게 마음을 결정하고 무거운 짐은 내려놓느냐에 따라 사막에서 오아시스를 찾을 수도 있고 재앙(고난)이 사랑(극복)이 될 수도 있다는 것이지요.

다섯 살이 아래인 친구 같은 요리 샘이 있습니다. 그녀와는 친구보다 더 자주 통화를 해요. 코로나 때는 매일 통화를 나눌 정도였죠. 회사로 출근하는 직업이 아니라 프리랜서이기에 고충이 있어요. 동료 직원이 없는 직업입니다. 요리동호회에서 만나 프리랜서 요리 강사로 같은 일을 하니, 더욱 공감이 형성되어 친해졌습니다. 이제는 친구같이 집안 이야기, 아이들 이야기 등등 형제보다 더 많은 이야길 나누어요. 걱정거리가 생겼을 때 고심을 하면 통화를 하는 가운데 그녀가 또 용기를 줍니다. 지금까지 살아오면서 걱정을 만나도 잘 해결되었지 않았느냐고 하네요. 그렇습니다. 힘든 길이 많았지만 사실 다 해결이 되었어요. 그러니 고민하지 마세요. 그때가 되면 분명 또 다른 문이 열립니다. 누가 그랬냐고요? 인생을 살다 보면 주변이든 이웃이든 지인이든 스승이든 듣게 되는 말이거니와 제가 겪어 보니 진짜 해결이 되었습니다.

사람은 누구나 해결이 되는 걸 알면서도 걱정하고 염려하고 불안해합니다. 가장 좋은 방법은 문제를 내려놓아야 답이 보입니다. 내 양손에 작은 금 한 개가 있다고 가정을 해 봅니다. 신이 내게 다이아몬드를 주려고 할 때 한 손에 든 금을 내려놓아야 다이아몬드를 받을 수 있다는 것이지요. 작은 금을 쥐고 있으면 다이아몬드는 받을 수 없습니다. 모든 문제가 내려놓음에 있다는 것을, 다시 한번 생각해 봅니다. 반드시 한쪽 문이 닫히면 분명 다른 한쪽 문이 열리는 것이 인생입니다. 사람의 앞길은 정말 알 수 없습니다. 묵묵히 걸어가다 보면 돕는 이들이 생기기도 하고, 걷다 보면 아이디어나 방법이 생기기도 할 것입니다. 내려놓음이 중요해요. 여기서 내려놓음은 불안이나 염려, 걱정을 놓으라는 말입니다. 고난(재앙)이 오지 않으면 좋겠지만, 때론 고난이 축복이 되기도 해요. 우리에게는 어려움을 이겨내는 힘이 있습니다.

10

여행은 어디서나
– 〈내 방을 여행하는 법〉, 방탄소년단

♪

"떠나고파. anyway 뭐 방법이 없어.

이 방이 내 전부. 그럼 뭐,

여길 내 세상으로 바꿔보지 뭐. Yeah."

– 〈내 방을 여행하는 법〉 중에서

방탄소년단의 〈내 방을 여행하는 법〉 노래를 듣다 보니 마음에 짧은 글이 떠올라 몇 자 적어 보았습니다.

　"그가 오기 전에 방 안은 온통 흘러 들어오는 먼지로 가득했습니다. 먼지를 들이마시다 보니, 폐에는 자가 호흡이 어려울 만큼 숨이 차기 시작했어요. 그가 오기 전에 방 안은 낯선 물건들로 가득 채워져 있었습니다. 물건을 어디에 두어야 할지 몰라 키 높이만큼 쌓고 쌓았어요. 그가 오기 전에 시야에 가득 들어오는 어둠은 사라지지 않았습니다. 블라인드를 거두어 내어도 빛은 들어오지 않았어요. 어느 날, 초인종 소리에 몸을 세워 방을 둘러보았을 뿐인데, 그는 문도 열기 전에 들어와 방 안에 빛을 뿌리기 시작했습니다. 그가 쏟아 올린 빛으로 인해 온통 방 안은 눈이 부실만큼 환해졌고, 먼지도 없이 자가 호흡이 가능해졌어요. 그가 어떻게 방법으로 들어왔는지 알 수 없는데 내 방을 여행하는 그로 인해 내 방을 여행하는 법을 터득하게 되었습니다. 또한, 보지 못했던 것들이 보이는 놀라운 기적이 나타났어요."

여기서 '그'는 독자마다 다르게 느낄 수 있을 거예요. 긍정의 자세가 될 수도 있고 신앙의 힘이 될 수도 있고 누군가의 도움일 수도 있습니다. 나의 시선을 따라 내가 생각하는 대로 이루어지는 것이라는 것을 알게 되었습니다. '마음먹기'에 달렸다는 진리는 시대가 바뀌어도 변하지 않아요. '생각하는 대로 말하는 대로 이루어진다.', '내 안에 믿음과 희망을 바라본다면 생각의 한 끗 차이로 인생이 뒤바뀔 수 있다.'라는 겁니다.

방탄소년단의 〈내 방을 여행하는 법〉의 노래를 듣다가 그자비에 드 매스트르의 『내 방을 여행하는 법』책이 생각났어요. 이 책은 작가가 42일간 가택 연금의 처벌을 받은 후 내 방을 여행해 봐야겠다는 생각을 하고 쓴 글입니다. 참으로 유쾌하고도 기발한 긍정의 생각이지요.

그자비에 드 매스트르의 책 『내 방을 여행하는 법』에서 "요컨대 이 방에 모여 사는 수많은 사람 가운데, 특히 방에 죽치고 있는 이들 가운데 이 책을 읽고 나서 내가 소개하는 새로운 여행법을 거부할 이는 단 한 명도 없으리라."라고 호언장담을 하는 유쾌함이 보입니다. 또한, 작가는 돈이 한 푼도 들지 않는다는 점을 이 여행의 장점으로 꼽고 있어요.

방탄소년단의 노래 〈내 방을 여행하는 법〉 가사에도 "생각은 생각이 바꾸면 돼."라는 말이 있습니다. 사람들 대신 장난감으로, TV 소리는 시내를 나온 듯한 소리로, 배달음식은 낙관적으로 배를 채운다는 가사예요. 살면서 이런저런 이유로 일상에서 학업이나 일을 그만두거나 아파서 쉴 수도 있을 겁니다. 조급할 수도 있는 상황이지만 잠시 나의 시간을 어떻게 사용할 것인지가 중요해요. 현실을 자각하는 시간이 올 수도 있겠지만 어떤 마음과 생각의 차이로 현재를 바라보며 극복하느냐가 가장 좋은 해결 방법입니다.

『내 방을 여행하는 법』의 책을 쓴 작가나 〈내 방을 여행하는 법〉의 노랫말이나 모두 같은 생각인 듯싶습니다. 어떤 상황이든 그 상황을 유머러스하게 즐기며 관점을 달리 보고 고난을 이겨 내는 슬기로운 여행 법입니다. 불평과 불만을 말하다 보면 그 소리를 내가 가장 먼저 듣죠. 악순환처럼 불평불만이 나를 점점 어둠의 골짜기로 데려다 놓는 상황이 생깁니다. 그렇다면 생각을 바꾸어 '감사해.'라고 말하고 '잘될 거야.'라고 말하면 점점 희망의 태양이 떠올라요. 내 가슴 어딘가에 반짝이는 아이디어도 생각이 날 겁니다. 돈 한 푼도 들지 않는 내 방을 여행하거나 놀아 줄 친구가 없어도 내 방에 TOY(장난감)들을 벗 삼아 놀아도 된다는 작가와 가수의 노랫말에 한번 믿음을 갖고 여행해 보길 바랍니다.

내 방에는 작은 소파와 글을 쓰는 책상과 노트북이 있습니다. 책상 앞에는 대형 메모판이 있어요. 그림을 좋아합니다. 거대한 그림을 집에 옮겨 놓을 수 없어 전시회를 가면 그림엽서를 한 장씩 사 오죠. 메모판에 그림을 붙이며 감상하길 좋아합니다. 앞으로 쓰고 싶은 책의 제목이 생각나면 또한, 메모하여 메모판에 꽂아 두고 자주 들여다봅니다. 수납장에는 선물받은 생일 카드나 편지, 엽서 등을 붙여 놓았어요. 그것도 멋진 오브제가 되네요. 가끔 카드나 엽서를 다시 읽다 보면 '나를 사랑하고 응원해 주는 사람들이 있어 감사하다.'라는 생각이 가득해집니다. 이제 소파에 평안히 누워 방탄소년단의 〈내 방을 여행하는 법〉 노래를 켭니다. 그리고 그자비에 드 매스트르의 『내 방을 여행하는 법』 책을 펼쳐 읽어요. 세상이 두려움으로 나를 엄습해 와도 이겨 낼 수 있습니다.

11

다시 걸어갈 수 있도록

— 〈Love Poem〉, 아이유(IU)

♪

"누구를 위해 누군가 기도하고 있나 봐.

숨죽여 쓴 사랑 시가 낮게 들리는 듯해.

너에게로 선명히 날아가.

늦지 않게 자리에 닿기를."

— 〈Love Poem〉 중에서

'아픔만큼 성숙해진다.'라는 말에 동의합니다. 그 아픔이 언제까지일지 당장 모르는 이에게 와닿는 문장은 아니지요? 시간이 지나서야 그 말의 뜻에 깊이 동의할 겁니다.

'시간이 약이다.'라는 말도 아픔을 이겨 낸 이들의 체험을 담은 말이니 믿어도 됩니다. 나 홀로 무언가를 한다지만 알게 모르게 상생하며 살아가고 있지요. 물론 사람과 자연도 마찬가지입니다. 다시 걸어갈 수 있도록 사람은 언제나 내 곁에 있습니다. 아픔이 내 앞에 닥쳤을 때 '누가 내 아픈 마음을 알까?' 했는데 알아주는 이들이 있었어요. 그래서 지금까지 살아오지 않았나 싶습니다.

상심한 아이를 지켜보며 가슴 아파하는 부모도 있어요. 학생은 진학 문제나 진로 문제를 고심하며 힘든 시간을 보내기도 합니다. 연애를 시작하고 이별하는 경우의 청춘 남녀도 있어요. 이혼이나 사별로 이별하는 부부도 있습니다. 이런 경우가 발생했을 때 부모의 마음은 아픕니다. 부모의 마음은 자식이 어떤 일상이든 잘 지내길 기도할 겁니다. 좋은 일만 가득하길 바라는 부모의 마음은 다 똑같죠. 자녀를 통해 사랑하는 마음이 가득해지니 진정한 어른이 되어 갑니다. 아픔을 겪는 자녀를 바라보는 부모가 해 줄 수 있는 거라곤 어쩜 등을 토닥여 주거나 이야기를 들어 주는 것. 항상 너의 등 뒤에서 그 자리에 서 있을 거라고 말해 주는 일입니다.

소리가 들리지 않지만, 부모는 자녀를 위해 숨죽여 기도하며 사랑의 시를 매일 짓고 있을 거예요.

어느 날 아이유가 부르는 〈Love Poem〉을 듣다가 다시 사랑할 수 있도록 응원의 노래를 멈추지 않는 부모님 모습이 떠올랐습니다.

어려서 치통으로 고생할 때 엄마 등에 업혀서 울다가 잠들었던 기억.

첫사랑을 떠나보내던 날의 소리 내어 울지 못하는 딸을 안아 주시던 기억.

대학 수학 능력 시험에서 낙방하던 날에도 아무렇지 않게 밥상을 차려 주며 다음에 다시 도전하자던 기억.

폐 수술하던 날 중환자실 앞에서 눈물을 흘리면서도 오직 딸아이가 굳건히 이겨 내길 기도하시던 기억.

다리가 부러져 깁스했을 때 한 달 동안을 업고 학교로 등교를 시켜 주셨던 부모님의 노고.

또한, 해외 어학연수 시절에 몸이 아프다고 통화하면 차라리 자신이 아픈 게 낫다고 걱정하시는 엄마의 목소리가 생생하게 기억납니다. 아이유의 〈Love Poem〉 노래가 내 인생을 누구보다 더 사랑하며 기도하는 부모의 마음처럼 들리더군요.

"누구를 위해 누군가 기도하고 있나 봐." 이 노랫말은 딸아이를 위해 '부모는 늘 기도하고 있다.'라고 들렸습니다.

"숨죽여 쓴 사랑 시가 낮게 들리는 듯해. 너에게로 선명히 날아가 늦지 않게 자리에 닿기를." 이 가

사는 늘 노심초사하는 부모의 사랑의 언어가 조용히 세심하게 얼른 전해지길 바라는 마음처럼 느껴졌어요. 노래를 어떻게 듣느냐 어떻게 가슴에 묻느냐에 따라 심심한 위로도 되고 응원도 된다는 걸 알게 되었답니다.

'노래의 날개 위에'라는 문장이 가슴에 와닿는 이유를 이제야 알았네요. 어떻게 노래가 생겨났을까요? 노래의 어원을 백과사전에서 찾아보니 '놀다[遊]'라는 동사의 어간 '놀'에 명사화된 접미사 '애'가 붙어서 '놀애' 즉 노래가 되었다고 합니다. 노래의 기원과 역사를 보니 원시시대 생존이나 사회적 상호작용이 되었다고 해요. 종교적으로는 신성한 경험과 신앙심을 통해 전달했다고 합니다. 산업화와 도시화로 인해 대중적인 노래가 발달하고 현대에 와서는 인터넷과 핸드폰의 발달로 더욱 쉽게 접근하며 노래를 들을 수 있어 좋아요. 노래로 위로를 받고 보니 노래가 내 삶에서 질문의 답이 되었고 글을 써 내려가는 시간을 만들어 주었습니다. 노래는 위로뿐만 아니라 공감, 흥겨움, 행복감을 맛볼 수 있게 해 주었어요. 분명 노래는 날개를 달고 있습니다.

12

미리 염려할 필요가 없는

– 〈걱정말아요 그대〉, 이적

"지나간 것은 지나간 대로 그런 의미가 있죠.

우리 다 함께 노래합시다.

후회 없이 꿈을 꾸었다고 말해요."

– 〈걱정말아요 그대〉 중에서

세상에 태어나는 이들은 모두 빈손입니다. 나의 의지로 이 세상에 오지 않았고, 어떤 부모를 만날지도 몰랐습니다. 이제는 맨몸이 아닌 의식주를 갖추고 있어요. 또한, 사랑하는 가족이 있고 자녀가 생겼고 이웃과 친구가 있습니다. 직업을 가지고 있고, 늦은 나이에 새로운 학문을 접하는 기회도 있었습니다. 100세 인생 중 반평생 이상을 살아왔습니다. 뒤돌아보니 처음보다는 나은 인생을 살고 있어요. 인생은 살아 봐야 답을 찾을 수 있기에 미리 걱정할 필요가 없습니다.

최근 지인들과의 단톡방에 올리는 가슴 아픈 문자가 있었습니다. 부모보다 앞서간 자녀의 부고 소식이었어요. 타국에서 눈을 감기 전에 아들을 보려고 비행기를 탔지만, 도착하기 전 임종을 했다고 합니다. 마지막 모습을 보고 싶었는데 그리하지 못했다고 합니다. 신이 보낸 메시지의 답은 알 수 없지만, 하나님이 주신 믿음으로 그냥 나아간다고 했습니다. 아픔을 견뎌야만 하는 지인 가족을 위해 할 수 있는 일이라곤 기도뿐이었습니다. 그 가족이 잘 견뎌 내길 바랄 뿐이지요. 인생에는 정답이 없다는 것을 다시 한번 상기하게 되었지요.

죽음은 어떻게 맞이할 수 있는 것이 아닙니다. 다만 바람이 있다면 나이가 들어 아프지 않고 가족과 함께 작별 인사를 하고 떠나는 것이, 가장 원하는 죽음일지도 모르지요. 죽음이라는 것이 예정되어 찾아오는 것이 아닙니다. 그 죽음을 옆에서 지켜보는 가족들의 상심이 가장 클 거예요. 살아남은 자의 슬픔도 때론 등에 지고 가야 할 것입니다. 살아 있는 한 죽음을 향해 달려가는 것이 우리의 삶일 것입니다.

누구네 자식이 훌륭하다느니, 누구는 부자라느니, 누구는 어떠하다라는 말을 달지 않고 살아가야겠어요. 그저 일상을 감사하고 나눌 수 있음에 감사하며 가족이 아프지 않고 밝고 건강하게 웃음 짓는 것만으로도 큰 축복이라는 걸 잊지 말아야겠습니다. 어쩌면 인생이 긴 것 같아도 짧아요. 다 사랑하지 못하고 죽을 수도 있습니다. 〈캐릭터와 스토리텔링〉 대학원 수업 과제를 하면서 인간의 특정한 감정들이 환경에 따라 문제에 따라 제시될 때 조절을 하기란 쉽지 않다는 것을 배웠습니다. 답을 모른 채 감정을 이겨 나가기란 많은 것을 감수해야 해요. 감수를 위한 또 다른 감정이 필요하다는 것입니다. 지금까지 인생을 겪어 보니 젊어서는 무모한 용기로 살았고, 나이 들어 가다 보니 지혜가 필요하다는 생각이 듭니다.

프랑스 현대 작가론을 공부했을 때 로맹 가리의 『새벽의 약속』을 읽었습니다. 영화로도 나온 『새벽의 약속』은 자전적 소설이며 어머니의 희생적인 이야기가 주인공 삶의 큰 의지가 되지요. 김종광의 『산 사람은 살지』라는 자전적 소설에도 어머니 이야기가 나옵니다. 이 두 소설의 공통점은 '인생은 무엇을 의지하는가?'라는 질문을 던지게 한다는 것입니다. 정답이 되는지는 모르지만, 인간은 서로 의지하는 삶을 살아간다는 결론이지요. 어쩌면 한 치 앞을 내다볼 수 없기에 인생을 살아가는 것 같습니다. 미래를 안다면 살 수 없죠? 내일 일도 알 수가 없어요. 다만 태양이 내일도 떠오를 것이라는 막연한 믿음 하나로 살아갑니다.

　인생은 살아온 만큼 늙어 가는 것이 아닙니다. 성숙해지고 지혜가 쌓여 가는 과정입니다. 애써서라도 정답 없는 인생을 받아들이는 마음이 필요해요. 인생의 정답이 있었어도 인간은 살아남기가 힘들었을 것입니다. 그렇습니다. 지나간 것은 지나간 대로 의미가 있어요.

　떠난 이도, 남은 이도 다 그 의미를 알고 있을 것입니다. 후회 없이 최선을 다했다고 말하는 것이 옳아요. 살아남은 자의 슬픔이 아니라 새로운 꿈을 꾸는 것이 죽은 자에 대한 진정한 사랑이기 때문입니다. 새로운 꿈을 위해 다 같이 노래하는 것이 바로 사랑일 겁니다. 그 삶이 찬란하지 않더라도 감사하며 겸손하게 살아 내는 것. 그나마 바람직하지 않은지 나름대로 결론을 내 봅니다.

13

떠나고픈 밤이 오면
– 〈제주도의 푸른밤〉, 최성원

"떠나요. 둘이서, 모든 것을 훌훌 버리고.

제주도 푸른 밤 그 별 아래.

이제는 더 이상 얽매이긴 우린 싫어요."

– 〈제주도의 푸른밤〉 중에서

여행은 인생과 닮았습니다. 독서는 인생 여행의 간접경험이에요. 직접적인 경험은 여행입니다. 낯선 곳을 향하여 간다는 것은 용기가 필요해요. 요즘 위로의 책들은 '실패해도 괜찮아.'라고 말합니다. 실패 뒤에는 또 다른 도전이 있어 가능한지도 모릅니다. 나 홀로 여행을 다녀왔어요. 제주도를 떠올릴 때마다 생각나는 노래는 〈제주도의 푸른 밤〉입니다. 가사 내용은 충분히 바쁜 현대인에게 매혹적인 가사예요. 노래를 듣다 보면 당장 떠나고 싶어져요. 어느 날 아침 식사를 준비하고 아이들 등교와 남편 출근을 시키고 문득 당일치기 여행 생각이 들었습니다. '제주도, 당일치기 여행 어때?' 자신에게 물어보았어요. 핸드폰을 집어 들고 제주도 항공권을 검색하고 보니 왜 이리 많은 비행기가 있는지 선택하기가 만만하지 않습니다.

제주도는 아름다운 우리나라 섬이지만 항공료와 숙박비, 차량 대여비 등등 만만찮은 경비가 들어 쉽게 발걸음이 떼어지지 않는 곳이기도 해요. 설령 경비가 있다 해도 성수기엔 비행기 표를 잡는다는 건 하늘에서 별을 따는 만큼 어렵더군요. 일단 제주도에 발을 들여놓는다면 당일 여행이라도 해외보다는 가깝게 가장 빨리 갈 수 있는 곳입니다. 제주도 어딜 가도 이국적인 풍경이 펼쳐지거니와 깨끗한 공기와 바다, 모래 현무암이 조화롭게 어우러져 있는 풍경이 누구든 반겨 주지요. 여행 날짜에 당일을 눌러 놓은 사이 나의 두뇌는 초고속으로 자료를 수집합니다. 시간을 맞추어 예매도 합니다. 혼자 가는 당일치기 섬 여행. 혼잣말을 중얼거리며 대충 치장을 하고 공항으로 가요. 공항버스를 타기 전까지 불안하고 초조하더니 두통이 생깁니다. 버스를 탄 후에는 반대로 기대감과 설렘으로 두통을 이겨 내더군요.

'아, 이 얼마 만의 나 홀로 여행인가?'

신문도 텔레비전도 아이들도 남편도 살림도 오늘은 다 두고 훌쩍 용기 내어 떠나 봅니다. 제주도 푸

른 밤은 아니지만 푸른 하늘과 바다를 잠시라도 보
고 싶었습니다.

　공항에 도착해서 예매한 비행기 표를 받고 출국
장으로 들어가 설레는 맘과 함께 짧게라도 제주도
를 보고 오겠다는 각오와 일탈을 꿈꾸며 비행기 탑
승을 기다립니다. 기다리는 동안에 제주도 어디를
갔다 올 것인가? 고민하며 인터넷 검색을 해 봤어
요. 당일 여행이니 제주도를 다 갈 순 없습니다. 가
족과 함께 가 봤던 애월읍을 다시 가 보고 해안가
산책길을 걸어 보자는 생각을 했어요.
　김포공항을 떠나 1시간쯤 후 도착한 제주공항의
향기는 들떠 있던 나의 가슴에 포근히 날아와 안깁
니다. 하루지만 알차고 온전히 즐기고 가야 한다는
생각에 비행기 안에서 검색했던 경로를 다시 한번
숙지합니다. 애월읍까지 갈 버스 노선을 확인하고
타는 곳과 내릴 곳을 검색해요.

제주 공항에서 애월읍으로 가는 코스는 신 제주 공항 방향으로 신광 로터리를 지나 한림 방향으로 제주시 민속 5일 시장을 지납니다. 다음은 하귀초등 학교를 지나고, 애월고등학교를 스쳐 지나 한담동 에서 하차, 도보로 3분 거리에서부터 해안산책길을 걸어요.

목적지는 애월읍 해안가 산책길입니다. 그 길은 1.2km 이어져 있어요. 이왕이면 왕복으로 2.4km 를 걷는 것이 좋습니다. 생각보다 길지 않아 왕복으 로 걷는 그 길은 좌우로 느낌이 다 달라요. 제주도 푸른 바다가 펼쳐지는 미니 산책길. 오로지 도보로 만 즐길 수 있는 길. 가장 짧지만 가장 아름다운 산 책로입니다. 한자로 물가 애, 달 월. 그 이름부터가 은은하고 애잔해요. 제주시 애월읍 애월리의 해안 산책길은 당일치기 섬 여행으로 좋은 코스입니다. 한담 마을에서 곽지 해변까지 구불구불 이어진 아 담한 해안 길이에요. 제주도에서 이 해안 산책로를 사랑하는 이유는 오직 걷는 자만을 위한 길이기 때문이지요. 자동차도 자전거도 오토바이도 다닐 수 없습니다. 이제 절경을 감상하면서 해안 산책을 따라 걸으면 됩니다. 출발지에서부터 1.2km 사이엔 휴식처와 전망을 감상할 수 있는 곳 그리고 각양각색의 카페들이 많이 있어요. 맘에 드는 곳이 있다면 제주의 바람과 차 한 잔을 마음껏 맞으면 마시며 바다를 바라봐도 좋습니다. 빡빡했던 도시의 생활을 버리고 왔으니 제주의 바다를 마음껏 안고 돌아가야 하지 않을까요!

시원하게 밀려오는 파도는 나의 심장을 두근거리게 만들어요. 때론 작고 귀여운 모래사장과 현무암으로 꾸민 해수의 목욕탕도 만납니다. 슬며시 내려가 손을 넣어 봅니다. 제주의 바다가 손등에 키스해요. 이름도 알 수 없는 야생화들도 도보객들을 반가워하고, 바위를 지나 높이가 다른 몇 개의 언덕을 오르락내리락하다 보면 산책로의 종점인 곽지 해수욕장에 도착합니다. 인적이 없는 것 같지만, 애월읍 해안 산책길을 걷다 보면 여유로운 이들을 드문 드문 만나게 됩니다. 해안 도로에 인적이 당장 없어 목청껏 노래를 불렀는데 돌아가는 모퉁이에서 도보 객을 만났지 뭐예요.

'아뿔싸……'

살짝 미소를 짓는 이에게 멋쩍게 인사를 하고 맙니다. 슬슬 배고픔이 밀려와 참지 못하고 유명한 해물 라면집 앞으로 가 줄을 서 봅니다. 기다리는 재미도 있어요.

애월 해안 길은 아기자기한 매력이 넘치는 곳. 그래서 지루할 겨를이 없는 길입니다. 멀리 물질하는 해녀들이 보이네요. 해녀들이 희망을 품고 바다로 나아가 삶의 소망을 분명 낚아 오리라는 상상을 해 봅니다. 애월읍 해안 산책로에서는 작지만 소박한 아름다움이 인상적입니다. 가까운 곳에서 보는 것보다는 멀리서 바라보는 운치도 한몫해요. 손꼽히는 바다 절경과 한담해변, 얼음 같은 노천탕 곽지 해변은 제주도 하루의 선물이 되어 줍니다.

낯선 곳은 어디든 여행 장소가 될 수 있어요. 일상에서 삶이 거세고 지칠 때 일탈을 꿈꾼다면 내가 사는 익숙한 동네가 아닌 한 번도 가 보지 않은 동네를 찾아가 보는 것도 새롭습니다. 다른 지역에 사는 사람들의 일상을 잠시나마 경험해 볼 수도 있어요. 제주가 아니면 어때요? 〈제주도의 푸른밤〉을 들으며 낯선 동네 구경도 좋을 겁니다.

14

내 인생을 바꾼 공부가 되길

– 〈엄마가 딸에게〉, 양희은, 김창기 (feat. 김규리)

"네가 좀 더 행복해지기를 원하는 마음에
내 가슴 속을 뒤져 할 말을 찾지.
공부해라. 아냐, 그건 너무 교과서야."

– 〈엄마가 딸에게〉 중에서

대학원 입학생 모집을 광고에서 우연히 보게 되었어요. 어려서부터 꼭 작가가 되고 싶었습니다. 이유는 기억이 나지 않지만, 글을 쓸 때 가장 편했고, 쓴 글을 읽을 때 재미있고 뿌듯했어요. 무한한 상상을 할 수 있고 글을 쓰면서 나만의 세계를 만들 수 있었습니다.

아무튼, 용감하게 원서를 내고 면접을 보았어요. 얼마 후에 합격 통지서를 받았습니다. 입학하고 나서야 알았던 놀라운 사실은 영어 시험을 통과해야만 졸업을 한다는 것이었어요. 고민이 되었습니다. 과연, 졸업을 할 수 있을까? 고민하던 차에 지인이 말했습니다.

"뭔 걱정이야? 한 학기라도 대학원 공부를 하면 수료이고 꿈을 이루는 거니까 도전해 봐."

50대 초반에 내가 공부를 다시 할 수 있을까? 고민했습니다. '그래, 도전도 용기이고 공부라고 생각해 보자.' 결심하고 첫 학기 과목 신청을 하고 수업을 들었습니다. 그야말로 뒤늦게 하는 공부라 초반에는 좌충우돌 헤맸습니다.

1학기가 끝나고 나서 입학 동기들을 알게 되어 코로나가 왕성해지기 전에 마스크를 쓰고 번개 모임을 했어요. 한 열 명쯤 모였을까요? 아마도 같은 마음으로 나오지 않았나 싶습니다. 각자 소개를 하고 대학원 1학기를 어찌 보냈는지 이야기를 나누었어요. 동기회장이 아무래도 문예 창작콘텐츠학과이니 글쓰기를 매일 하면 좋겠다고 제안을 했습니다. 온라인상에 동아리 카페를 만들어 비공개 글쓰기를 시작했어요. 그러다 보니 자연스럽게 친구 같은 존재들이 되었습니다. 함께 공부도 하고 문학관 기행도 갔어요. 1박 2일 신년 모임, 송년 모임, 졸업 기념 여행도 함께 했습니다. 지금까지 동기들은 1,000일을 넘게 매일같이 글쓰기를 하고 있어요.

글쓰기 동아리방에 있던 동기들이 없었다면 대학

원 공부를 어찌 해냈을까 싶기도 합니다. 누군가와 같이 매일매일 글을 쓰며 공부를 한다는 것이 엄청난 결속력을 유지하고 매일 만나는 이들보다 더한 친밀감을 형성했어요. 수강 과목이 모두 같지 않았지만, 진짜 공부와 글쓰기를 향한 마음과 실천력은 대단했습니다. 서로의 응원이 없었다면 끝까지 공부하는 것이 어려웠을 겁니다.

돌이켜 보면 진짜 공부란 나이와 상관이 없습니다. 마음먹기에 달려 있어요. 용기를 내어 도전하면 늦은 나이란 없다는 것입니다. 그때 도전했기에 진짜 공부와 글쓰기가 나의 인생을 바꾸어 주었습니다. 사실 늦은 나이에 공부가 쉽지는 않았어요. 영어 시험을 위해 친구의 영어학원에서 공부를 다시 시작했어요. 과제를 하기 위해 수많은 논문을 읽으며 책을 읽었습니다. 과제로 제출해야 하는 시 창작, 소설 창작도 어려웠어요. 그뿐인가요? 문해력이 부족하다고 생각하니 이해가 될 때까지 책을 읽고 또 읽었습니다. 디지털 시대에 책을 많이 접할 수 있었던 것도 진짜 공부를 하고 싶었던 마음이 컸기 때문이에요. 누군가에 의해 등 떠밀려 하는 공부가 아니라 진정 내가 원해서 하는 공부였습니다. 힘들지만 재미있었어요. 타 학과의 과목을 신청하고서 후회하며 속상해한 적도 있었습니다. 그 과정들이 있었기에 내 인생이 바뀌지 않았나 싶어요. 일명 독수리 타법으로 워드를 천천히 쳤던 손가락이 키보드를 보지 않고도 빠른 속도로 글을 쓸 수 있는 실력도 생겨났습니다. 평생에 도서관을 자주 가 본 적이 없는데 공부를 위해 도서관과도 친해졌어요. 여행처럼 우리나라에 아름다운 도서관을 다녀 보고 사진도 찍어 기록도 했습니다. 진짜 하고 싶은 공부는 나의 인생을 바꿔 줍니다. 괜찮은 나로, 성장하는 나로, 누군가에게 좋은 멘토가 되도록 인도해 줬어요. 남양주 정약용도서관에서는 휴먼 북(도서관에서 사람 책을 대출하는 시스템)으로도 활동하게 되었습니다.

양희은 가수의 〈엄마가 딸에게〉라는 노래를 듣다가 지난 나의 늦은 대학원 공부가 생각났습니다. 내 자녀에게 엄마가 공부하는 모습을 보여 주고 싶었어요. 공부는 평생 하는 거라고 알려 주고 싶었습니다. 끊임없이 공부하는 삶이 지혜롭다는 것을 말입니다. 자녀에게 명령조의 교과서 같은 말이 아니라 진정 원하는 진짜 공부를 하며 좋아하는 일을 찾아가길 바라는 엄마의 마음 자세였어요. 공부는 끝이 없어요. 죽을 때까지 배우는 자세가 앞으로 나은 미래를 살아가게 합니다. 인생의 가장 슬기로운 생활은 공부에요. 우리는 서로에게서도 인생을 배워요. 인생은 서로가 배워 온 삶의 공부와 지식 등에서 꽃을 피운 결과입니다. 항상 공부하는 자세가 봄을 여는 버드나무처럼 풍성해지길 바랍니다.

15

어떤 순간이든 나를 믿어 봐

― 〈고독한 바다〉, 임현식

"여기 차갑고 깊은 어딘가

사라져 버린 내가 있을까?

눈물을 또 머금고 희망을 꼭 품고 가겠어."

― 〈고독한 바다〉 중에서

누구나 삶이 지칠 때 고독한 바다에 빠지곤 합니다. 그 고독한 바다가 어쩌면 날 위로해 주는 혼자만의 시간이 되어 줄 수도 있어요. 당신은 혼자만의 시간을 즐기는 편인가요? 혼자만의 시간이 처음에는 낯설어요. 낯선 혼자만의 시간을 친근함으로 바꿀 방법이 산책이나 독서입니다. 하루의 일과를 마치고 귀가하는 거리는 만 보 정도 됩니다. 집으로 돌아오는 방법으로 산책을 선택하기도 합니다. 그 시간만큼은 나만의 시간이 되어 좋아요. 혼자만의 시간이 하루에 1시간 정도 있으면 좋다고 합니다. 산책로를 걷다 보면 예쁜 꽃도 보이고 물 흐르는 소리도 들어요. 걸어오면서 기도를 합니다. 산책과 기도를 통해 마음이 타인과 나를 향하여 긍정적이고 적극적으로 바뀝니다.

첫째, 자녀를 위해. 둘째, 부모님 건강을 위해. 셋째, 일과 건강을 위해. 넷째, 지인들에게 부탁받은 기도 제목을 위해 기도합니다. 걷다 보면 하늘도 보이고, 비둘기도 보이고, 바람도 느껴요. 무념무상으로는 걷지 못하는 것 같습니다. 뭘 그리 생각하고 있는 일들이 그리 많은지 머리 위로 말풍선들이 하나둘 생겨납니다. 걷다 보면 내 안에 말풍선의 문제들이 감정들이 조금씩 해결되는 것을 느낍니다. 마음의 근육이 생기는 것이지요.

　최근에 읽은 한성희 작가의 『딸에게 보내는 심리학 편지』에서는 "혼자 있을 수 있는 것은 자아 능력이며 혼자 있는 즐거움은 솔리튜드(solitude:고독)." 라고 합니다. 또한, "나만이 들어갈 수 있는 내적 공간을 적극적으로 가꾼다."라는 말에는 아마 독서도 포함될 것입니다. 책을 통해 내적 공간에 창조적인 지식을 쌓다 보면 분명 많은 것을 얻어 활용할 수 있을 겁니다. 사람들은 혼자만의 시간을 갖는 것에 관하여 의외로 외롭다거나 비효율적이라고 생각합니다만 그렇지 않아요. 힘들고 지칠 때 혼자만의 시간을 가져 보세요. 나름의 회복과 치유의 시간이 됩니다.

직업상 강의를 하다 보니 혼자만의 시간을 갖고 싶을 때가 있어요. 가족과도 친구와도 충분히 어울리기도 하지만 언제부터인가 나만의 시간을 가져 봅니다. 조용한 카페에서 차를 마시거나 독서를 합니다. 홀로 걸어 보거나, 미술관, 서점을 가거나 가벼운 여행을 가요. 혼자만의 시간 속에서 아이디어나 영감이 떠오릅니다. 감정적인 문제들도 혼자만의 시간을 통해 좀 더 객관적으로 바라보는 시각도 생깁니다. 그런데도 세상 사는 일이 뜻대로 이루어지지 않을 때도 많습니다. 이런 상황 속에서 지친 마음을 보듬어 줄 편안히 쉴 공간이 있다면, 세상살이가 조금은 더 여유롭고 편안해질 것입니다.

사이토 다카시의 『혼자 있는 시간의 힘』에서 "공간이 주는 힘은 강력하다."라고 합니다. 그 공간을 마련하는 방법은 다양해요. 내 집에서의 나만의 공간을 지정하거나 내가 좋아하는 카페든 도서관이든 공유 공간이든 지정하여 나의 공간을 만들면 됩니다. 또한, 그 공간이 시간일 수도 있다는 것입니다. 빈센트 반 고흐도 "고독은 용기를 잃게 하는 것이 아니라, 오히려 자신을 위해 필요한 활동을 창조하게 만드는 힘을 준다."라고 말합니다. 고독이란 자신과의 시간을 통해 자신에게 힘을 부여할 수 있다는 것이지요.

임현식 가수의 〈고독한 바다〉를 들으면서 희망찬 가사가 가슴에 와닿았습니다. 눈물에 젖지 않은 바다가 더 찬란히 빛날 나를 받아 줄 수 있기 때문이라는 감정이 온 귓가에 스며드네요.

사람은 뛰어난 존재입니다. 마음을 어떻게 정하느냐에 따라 태도가 바뀝니다. 긍정적으로 생각하면 긍정의 태도가 발휘되고, 부정적으로 생각하며 부정의 태도가 나타나기 때문입니다. 누가 뭐라고 해도 자신을 믿으며 헤쳐 나가는 것이 가장 올바른 길이에요. 고독한 바다의 가사처럼 고요 속에 파란 빛이 와서 끝내 희망을 찾아낼 것이니 언젠가 낙망

하더라도 자신을 믿으라고 말합니다. 자신을 믿어
보세요.

16

진정한 어른이 되려면

– 〈어른〉, 손디아(Sondia)

♪

"나는 내가 되고
별은 영원히 빛나고
잠들지 않는 꿈을 꾸고 있어."

– 〈어른〉 중에서

길을 지나다가 우연히 본 광고에 '애쓰니까 어른이다.'라는 문장이 가슴에 와닿았습니다. 어른이라고 다 어른이 아닌 경우도 종종 보았어요. 어른이란 국어사전에 보면 세 가지의 뜻이 있습니다.

첫 번째는 다 자란 사람. 또는 다 자라서 자기 일에 책임을 질 수 있는 사람. 두 번째는 나이나 지위나 항렬이 높은 윗사람. 세 번째는 결혼을 한 사람.

요즘 사람들은 세대가 부르는 호칭이 예전과는 다릅니다. 어린 사람이 윗사람을 이야기할 때 '어르신'이라고 존칭했고, 윗사람은 아랫사람을 이야기할 때 '젊은이'라고 불렀어요.

지금은 그 자리에서는 차마 그렇게 말하지 않지만, 어른을 이야기할 때 '꼰대'라고 부르고 젊은이를 이야기할 때 '버르장머리 없는 것'이라고 부른다고 합니다. 이러니 따스함이 없습니다. 서로 소통이 되지 않는 원인도 되어요. 사는 게 아무리 힘들어도 어른답게 말해야 아랫사람들이 배웁니다.

강원국의 『어른답게 말합니다』에서 "가장 어른다운 말은 진정성의 필요충분조건이다. 거짓이 없는 것만으로는 부족하고, 일관성이 있어야 한다."라고 말합니다. 어제의 말과 오늘 하는 말이 다르지 않아야 해요. 머릿속 생각과 말이 일치해야 한다는 말입니다. 종종 어른답게 말을 한다면서 생각과 말이 일치하지 않아 젊은이들에게 본이 되지 못하고 실망을 안겨 줄 때가 있지요. 자녀들도 부모의 말에 수긍하거나 순종할 때를 보면 분명 부모의 언행일치가 있었기 때문입니다. 그렇지 않으면 잔소리로 듣고 말지요. 누군가의 말을 듣고, 이야기를 꼭 해 줘야 한다면 상대방이 받아들일 수 있는 멘토가 되어야 합니다. 그렇지 않다면 그야말로 '꼰대'나 '라떼(나 때는 말이야)'가 되지요. 상대방이 들었을 때 어른으로부터 무언가를 배우거나 얻었다는 느낌이 있어야 감사하다고 느낄 겁니다.

　아이유가 배우로 출연했던 드라마 〈나의 아저씨〉

에서 보면 남자 주인공 캐릭터였던 아저씨는 진정한 어른이었습니다. '애쓰니까 어른이다.'라는 말이 딱 어울리는 캐릭터였어요.

누군가의 말에 귀 기울이고 진정 도우려는 마음과 용기를 주는 말을 건넵니다. 회사에서든 가정에서든 가족에게든 진정으로 애쓰는 어른으로서의 행동을 보여 주는 드라마였어요. 사람들에게 공감을 얻었던 결과였어요. 결혼했다고 해서 다 자랐다고 해서 어른이 아닙니다. 자신의 모든 일뿐만 아니라 책임질 모든 일에 대하여 애쓰는 것이 어른이지요. 간혹 어른이랍시고 걱정한답시고 전화를 해서 상대방의 상황에 불을 붙이는 가짜 어른도 있습니다. 인생을 그토록 오래 살면 뭘 할까요? 본이 되지 않으면 '꼰대' 소리나 듣게 되는 것입니다. 인생은 생각만큼 만만하지 않습니다. 평평한 길만 있지 않아요. 매일매일 햇볕이 쏟아지는 하루가 아니라 비도 오고 눈도 오는 날들도 있습니다. 힘들고 지친 어두운 날에 진정한 어른 한 명만 제대로 만나도 풍요로운 하루가 될 수 있어요.

　내 인생의 애쓰는 어른 '나의 아저씨'를 만난 적이
얼마나 있었을까? 생각해 봅니다. 부모님일 수도 있
고 선생님일 수도 있고 직장 상사이거나 모임의 선,
후배가 될 수도 있을 것입니다. 땅바닥에 발을 딛고
살다가 신발을 벗어 버리고 싶을 만큼 힘든 날이라
도 내 곁에서 내 편이 되어 주는 이들이 반드시 있
습니다. 마음의 손을 들어 신호를 보내면 어디에선
가 나타나는 영웅 캐릭터처럼 주변에 있는 이들이
내 마음의 소리를 들어 줄 거예요. 그것조차도 안
된다고 느껴지면 내가 애쓰는 어른이 되면 됩니다.
진정한 어른은 지혜가 있어요. 애쓰는 어른은 자신
을 돌볼 뿐만 아니라 자신의 자유를 책임지고 나아
가 가족과 이웃을 끝까지 돌볼 줄 아는 사람 일 거
예요.

17

수많은 별이 아닌 단 하나의 별

– 〈Forever Star〉, 张洢豪(장이호) (중국드라마
〈너를 좋아해: 투투장부주(偷偷藏不住)〉 OST)

♩

"작은 상처들이 빛 속에서 흐려질 거야.

네가 어디에 있든 나는 네 곁을 맴돌 거야."

– 〈Forever Star〉 중에서

노래의 잔잔한 멜로디와 가사 그리고 중국 드라마 〈너를 좋아해: 투투장부주(偷偷藏不住)〉(뜻은 '몰래 숨길 수 없어'입니다.)

의 이야기가 복합적으로 여운을 남깁니다. 남녀 주인공들은 서로를 향한 사랑을 배려로 나타내요. 〈너를 좋아해: 투투장부주〉의 OST 〈Forever Star〉를 들으면 참으로 달콤하고 사랑스럽습니다. 이 노래를 듣다 보니 연인의 감정보다는 사랑스러운 딸들이 떠올랐어요. 작은딸이 엄마의 연애 세포를 깨워 줄 중국 로맨스 드라마로 딱 좋은 작품이 있다고 추천해 주었습니다. 관심도 없었는데 어느 날 거실에서 딸아이가 보고 있는 드라마를 함께 보게 되었어요. 가만히 보니 남, 여 주인공의 외모가 어찌나 출중하던지 그만 반하고 말았답니다. 이후 중국 드라마 〈너를 좋아해: 투투장부주〉를 시청하다 보니 자연스럽게 OST를 듣게 되었지요. 그중에서도 〈Forever Star〉가 어찌나 아름답고 감미롭던지 인터넷으로 검색하여 가사도 찾아보게 되었습니다.

사랑하는 사람이 생기면 누구나 마음이 넓어지고, 무엇이든 해 주고 싶죠. 이 드라마가 인기 많은 이유가 뭘까? 나름 분석을 하니 남, 여 주인공의 캐릭터는 100% 배려였어요. 사람들은 누구나 배려하는 사람에게 관심과 호감을 나타냅니다. 배려의 사전적 뜻은 도와주거나 보살펴 주려고 마음을 씀이라고 풀이되어 있어요. 도움과 보살피는 마음은 이타적인 자세이지요. '먼저'라는 용기도 필요합니다.

아이들의 성장 과정 속에는 수많은 작은 상처들이 따릅니다. 부모의 마음은 안전을 최우선으로 하고 있어, 아이들이 상처받기를 원하지 않아요. 자녀가 하나의 인격체임에도 불구하고 잔소리꾼 어른처럼 대할 때가 많습니다. 인격으로 마주한다는 것은 자녀를 독립된 개체로 보고 그들의 모든 것을 인정하는 자세가 필요합니다. 이 노래를 들으면서 아이들이 떠올랐던 것은 자녀가 부모에게는 영원한 별과 같은 존재이기 때문인가 봅니다. 영원히 빛나길 바라는 마음이지요. 항상 자녀의 주위에서 맴돌며 지켜 주고 싶은 마음일 겁니다. 짝사랑의 대상이기도 하지요.

사랑하는 딸에게

속삭이듯 너의 이름을 부를 때
엄마의 품에 안기는 어린아이 때와

속삭이듯 너의 이름을 부를 때
나를 안아 주던 어른의 네가

어느새 울타리를 떠나 너만의 세계로 들어가는
모습을 보게 되었다.

나의 어두운 밤하늘에 수놓은 빛나는 별들은
모두가 너의 존재란다.

엄마는 아마도 너의 모든 것들이 빛나길 바라며
네 주위를 영원히 맴돌지도 모른다.

숨길 수 없는 이 마음은 어쩔 수 없는
짝사랑이란다.

힘들고 지치는 날들이 있다면 잠시 생각해 보세
요. 누군가 영원히 나의 스타가 되어 주거나, 내가
누군가의 영원한 스타가 될지도 몰라요. 누구나 사
랑받기 충분합니다. 연인으로부터 이든, 부모님으
로부터 이든, 친구이든, 스승이든 우리는 누구에게
나 사랑받는 존재의 'Forever Star'가 될 수 있어요.
어디서든 흘러나오는 노래가 있다면 잠시 잠깐 멈
추어 귀 기울여 보세요. 어느 날 내게 다가오는 노
래가 나를 숨 쉬게도 하고 용기를 주기도 합니다.

인생은 여행이지

"오늘도 살아 내야지.
지켜 낼 것이 나는 참 많으니."

– 선우정아, 〈City Sunset〉

18

힘들다고 느끼는 순간

– 〈City Sunset〉, 선우정아

♪

"오늘도 살아 내야지.

지켜 낼 것이 나는 참 많으니.

나로 인해 누군가가 아픈 게 난 싫어."

– 〈City Sunset〉 중에서

어느 날 아름다운 일몰을 퇴근하는 길에 마주칠 때 지쳤던 하루를 보상받는 기분이 듭니다. 이토록 아름다운 노을을 자연이 만들어 낸다는 것이 신기하기까지 하죠. 그 광경을 지나치는 사람들도 있고, 가만히 서서 핸드폰을 꺼내어 자연의 신비로움을 기록하는 이들도 있습니다.

"오늘 하늘 봤어? 노을 말이야?"
친구에게 문자를 보냅니다.
"너무 이쁘더라. 네가 올린 인스타에서 벌써 봤어."
친구의 대답이 바로 오더군요.
친구나 연인이나 가족에게 문자나 전화를 하며 함께 나누는 시간이 힘들었던 하루를 말끔하게 잊게 하는 순간입니다.

'나만 힘든 게 아니야.'라고 생각하지만 힘든 것은 힘들다고 토해 내는 것이 맞아요. 두 눈이 빨개지도록 일터의 건조함이나 마음의 건조함이 생길 때 얼굴을 비비거나 마음을 쓸어내리고 맙니다. 정말 모두가 오늘을 살기 위해 눈물도 아픔도 애써 숨기며 미소 지으며 살고 있어요. 하루가 버거워서 내 마음조차 지키지 못하는 날도 있습니다.

그런 날에 만난 자연의 선물, 자연의 찬란한 쇼가 펼쳐지는 하늘 속 핑크빛, 보랏빛, 붉은 장밋빛 노을이 '너만 힘든 게 아니야'라고 말해 줍니다. 신이 일상을 살아가는 인간에게 하늘에 펼쳐 놓은 것이라고 믿고 싶어지는 날이지요. 누구나 삶이 다 힘듭니다. 고된 날들이 많을수록 하늘을 보면 좋더군요.

'힘들 때는 너를 마중 나온 도시의 하늘을 봐.' 누군가가 당신에게 속삭이듯 떠오르는 말이 있다면 바로 이 말이 아닐까 싶습니다. 땅과 밀착해 고개 숙이고 핸드폰의 세상 속으로만 들어가지 말아요. 고개를 들어 자연이 내게 보내는 도시의 노을에 눈을 맞추어 볼까요?

이 노래는 드라마 〈공항 가는 길〉에서 여자 주인

공이 우연히 아파트 베란다에서 이불을 쨍쨍한 햇볕에 말리는 주부를 바라보는 모습이 등장해요. 주인공의 직업은 비행기를 타는 승무원입니다. 그녀는 워킹맘으로 전업주부의 일과가 상대적으로 부럽기도 합니다. 가족을 위해 햇볕에 이불을 너는 모습이 지친 자신의 모습과 겹치었는지도 모릅니다. 어느 직업이든 애환이 있어요. 쉬운 일은 없다고 봅니다. 누구나 자신만의 무거운 짐을 들고 살아가고 있는 겁니다. 일이 힘들 때 사랑하는 이와 통화로 위로를 받기도 하고, 어느 날의 저녁노을은 사람들에게 선물이 되기도 합니다. 한 곡의 노래가 숨이 되기도 해요. 때론 노래가 말을 걸어 내 삶에 찾아오는 질문에 대답해 주기도 합니다.

힘들 때, 쉼이 필요할 때, 차 한잔을 마실 때, 책을 읽을 때.

가사가 있든 없든 음악이 내 삶에 어느 날 숨결이 되어 줄 때 흠뻑 빠져 보시길 바랍니다. 어느 날 제게 찾아온 노래 한 곡조가 숨이 되어 우울했던 감정을 씻어 줬거든요. 선우정아의 〈City Sunset〉 노래와 〈공항 가는 길〉 드라마를 듣고 보면서 감정이입이 되었을 때 큰 위로가 되었답니다. 모두가 각자의 짐을 지고 사는 인생이지만 오늘도 살아 내야 한다고 노래를 부릅니다. 이유는 지킬 것이 많고, 누군가 나로 인해 아프지 않기를 바라는 착한 마음이 있기 때문이지요. 세상은 서로를 향한 배려가 넘칠 때 아름답습니다. 배려의 조건은 적당한 거리를 두는 겁니다. 부모 자식이든, 부부 사이든, 친구이든, 이웃이든 약간의 거리를 두고 서로를 향한 같은 마음이면 되죠.

19

불행은 누구에게나 와

– 〈가을 우체국 앞에서〉, 윤도현

♪

"한여름 소나기 쏟아져도 굳세게 버틴 꽃들과
지난 겨울 눈보라에도 우뚝 서 있는 나무들같이
하늘 아래 모든 것이 저 홀로 설 수 있을까."

– 〈가을 우체국 앞에서〉 중에서

인간은 스스로 모든 일에 독립적이어야 해요. 물론 살아 있어서는 독립된 개체들이 모여 상생을 해야 하는 아이러니가 숨어 있습니다. 나 홀로 잘 살아갈 순 없어요.

드라마 〈슬기로운 의사 생활〉 OST 중에서 〈가을 우체국 앞에서〉 노래가 흘러나왔습니다. 무심코 들었던 노래였는데 이토록 심오한 철학이 담겨 있었다니요. 거기에 드라마 〈슬기로운 의사 생활〉의 한 장면이 인상적이었죠. 산부인과 교수역을 맡고 OST를 직접 부른 김대명 배우의 대사이었습니다.

"산과 교과서 첫 장에 이런 글이 있네요. 때때로 불행한 일이 좋은 사람들에게 생길 수 있다."
— 〈슬기로운 의사 생활〉 중에서

그렇습니다. 좋은 사람들에게도 불행한 일들이 때론 생기기도 합니다. 인간은 홀로이지만 '같이'라는 단어를 꼭 안고 살아가기에 그 불행을 이겨 내려는 습성과 능력이 있어요.

김혜남 작가의 『만일 내가 인생을 다시 산다면』에서 작가는 정신과 의사이며, 파킨슨병을 진단받았다고 합니다. 책의 첫 꼭지 제목이 「아무리 착하게 살아도 불행이 찾아올 때가 있다」입니다. 그녀는 처음에 현실을 받아들이기 힘들고 세상이 원망스러웠다고 합니다. 그러는 사이 우울감과 죽어 버리는 게 낫겠다는 생각까지 들었다고 해요. 그러다가 정신이 번쩍 들어 다시 보니 그냥 삶은 그대로이고 나만 조금 불편하다는 생각의 전환이 일어났다고 합니다.

그녀는 『만일 내가 인생을 다시 산다면』에서 "살다 보면 예기치 않은 불행이 닥쳐 올 때가 있다. 그것을 피할 방법은 없다. 그 후의 시간을 어떻게 보낼지는 내가 마음을 어떻게 먹느냐에 달렸다."라고 말합니다.

착한 사람에게도 불행이 닥쳐 올 때가 있습니다. 불행의 시간을 피할 수 없을 때는 '같이' 있다는 것만으로도 힘이 됩니다. 성인이 되니 나 홀로 보내는 주말 시간이 많아졌습니다. 대화를 나눌 대상이 없으면 책을 읽거나 드라마, 영화를 보게 됩니다. 물론 친구들과 모임을 종종 갖기도 합니다. 나이가 들면서 노년의 삶을 살아가고 계시는 부모님의 입장을 또한 헤아려 봅니다. 지인들의 전화가 올 때 유난히 반가운 날이 바로 나 홀로 시간을 보내고 있을 때임을 깨닫습니다. 누군가와 대화를 나눌 수 있다는 것은 축복입니다. 성인 이전의 아이들이 늦은 밤에 들어와 수다를 떨면 좀 귀찮았는데, 이젠 적극적으로 대화를 시도해 봅니다. 나 혼자만의 시간도 필요하지만, 가족이나 친구 직장 동료들과의 대화 시간도 필요하고 이런 환경을 갖추고 있다는 것은 축복입니다. 혼자가 아닌 함께 할 수 있는 사회의 일원이기에 더 아름다운 가치가 있는 것입니다. 불행이 닥쳤을 때 혼자서는 고난을 시련을 이겨 낼 힘이 부족 할 겁니다.

〈가을 우체국 앞에서〉 가사 말에서 누군가를 기다리다가 아름다움을 발견한 이의 시야에는 세찬 비바람을 이겨 내고 굳세게 버틴 나무와 꽃들의 경이로움을 예찬하고 있습니다. 자연도 '같이' 아름다운 풍경을 만들어 냅니다. 사람도 마찬가지입니다. 고난을 이겨 내고 실패를 거름 삼아 성공하기까지 보이지 않는 상처와 노력 성장이 있어 더 돋보이고 아름답고 경이롭기까지 합니다. 여기에 같이 이겨 낼 힘을 가족 이웃 사회가 보태기 때문이지요. 아름다움의 기준이 뭘까 생각해 봅니다. 희귀한 보석이 아름답고 명품이 아름답고 말할 수 있지만, 실로 아름다운 것은 외모가 아니라 내면입니다. 사람의 마음이 가장 중요해요. 나를 사랑하고 소중한 것들을 알아보고, 이해하고 품는 자세가 더 아름다운 법입니다.

노랫말처럼 가을 우체국 앞에서 우연히 바라본 만추의 꽃과 나무를 통해 진정한 아름다움을 노래하는 이가 시간 가는 줄 모르고 바라본 시간이었습니다. 새싹을 띄우고 잎을 무성하게 만들었던 젊은 날의 시절을 가득 채웠다면 하나하나 내려놓는 나무들같이 삶의 무게도 내려놓아야 겨울을 맞이할 수 있을 것입니다. 겨울은 죽은 계절이 아닌 봄을 탄생시키기 위한 보온의 단계입니다. 그 보온성이 있기에 씨앗이 땅을 뚫고 나올 수 있기 때문이죠. 우리의 삶에서 따로 또 같이 살아가는 시간이 혼합되어 아름다움을 창조한다고 믿어요. 겨울을 맞이하는 모습이 마치 다음 세대를 위한 아름다운 진정한 어른의 모습일지도 모릅니다.

20

기다림이 필요한

– 〈신호등〉, 이무진

"붉은색 푸른색 그사이 3초 그 짧은 시간.
노란색 빛을 내는 저기 저 신호등이
내 머릿속을 텅 비워 버려."

– 〈신호등〉 중에서

〈신호등〉이라는 노래를 들어 보신 적 있나요? 박자가 빨라서 뭔가 신나는 음악 같습니다. 가사를 보면 꿈을 이루기 위해 신호등 앞에 서 있는 이를 붙잡는 수많은 장애가 떠오릅니다. 노래를 듣는 이마다 자신의 환경이나 처한 상황에 따라 받아들여지는 느낌이 다를 거예요.

이 노래를 듣다 보니 쇼펜하우어, 니체가 사랑한 지혜의 철학자 발타자르 그러시안의 『완전한 인간』이 떠올랐어요. 이 책에는 인생을 단단하게 살아 내는 스물다섯 가지 지혜가 들어 있습니다. 내용이 크게 와닿은 부분도 있었고, 어려운 부분도 많았어요. 결론은 한 가지입니다. 완전한 인간이 되기 위해서는 삶에 깨달음을 적용하여 바로 실행하는 것이지요. 세상의 진리나 지혜는 참 단순합니다. 인간은 핑계를 대고, 실천하지 않기에 완전한 인간이 못 되는 것 같습니다.

발타자르 그러시안의 『완전한 인간』에서 마음에 깊은 울림을 주는 문장은 "꾸준한 노력만이 결국 말과 행동의 주인이 되는 습관으로 이어지는 지름길 입니다."였습니다.

삶에 적용하고 부단히 연습해야 하는 것 그것이 바로 '매일'이라는 습관과 몰입이라는 과정이지요. 성공한 유명인들을 관찰해 보면 '매일'이라는 단어 안에 몰입을 쏟아 놓았습니다.

최근에 본 텔레비전 광고에서 '매일의 힘'을 믿는 다는 카피를 보았어요. 건강보조식품 광고였는데 결국 건강도 하루에 이루어지는 것이 아니라 매일 챙겨야 한다는 것입니다. 매일의 힘은 가장 사소한 습관이지만 대단한 힘을 갖고 있어요.

일상 가운데 문제를 만나는 경우 두려움이나 불안, 염려를 마주할 때가 있어요. 샛노래지는 3초의 시간에 어떤 판단을 하냐에 따라 상황이 바뀝니다. 판단은 순간적으로 이루어지기 전에 매일의 힘에서 몰입을 통해 준비됩니다.

황농문의 『몰입』에서 "몰입은 내가 생각하는 문제

나 목적 목표 등에 다가갈 것을, 열심히 생각하므로 아이디어가 생긴다."라고 합니다.

『800일간의 독서 여행』을 집필할 때 3개월간 몰입했던 기억이 나네요. 온통 책 쓰기에 몰입했던 시간이 있었습니다. 독서 에세이를 쓰지만, 도서관도 여행처럼 생각하고 책에 아름다운 도서관 열 곳을 글로 써넣었던 아이디어가 생각나네요. 몰입을 통해 아이디어를 창출하고 하루에 하나씩 실천하는 것이 가장 빨리 목적에 도달한다는 것을 깨달았습니다. 몰입에도 조절이 필요해요. 지나쳐도 모자라도 안 됩니다.

노란색 빛을 내는 저기 저 신호등이 삶을 지혜롭게 살아가는 데 필요한 휴식이거나 생각을 할 수 있는 시간이 되지 않을까 싶습니다. 인생에도 신호등을 달아 보는 게 어떨까요? 달릴 때는 달리고 멈추기 전에 들어온 신호를 감지했다면 멈춰야 할 때를 알고 서서히 속도를 줄여 서야 합니다. 취할 때와

내려놓아야 할 때를 아는 시간, 노란색 빛을 내는
저기 저 신호등을 기억해 보렵니다.

21

괴로울 땐 차라리 슬픈 노래를 들어
– 〈꿈〉, 조용필

♪

"저기 저 별은 나의 마음 알까.

나의 꿈을 알까.

괴로울 땐 슬픈 노래를 부른다."

– 〈꿈〉 중에서

〈꿈〉 노래는 1998년 가수 조용필이 불렀던 노래입니다. 드라마 〈웰컴 투 삼달리〉 OST로 알려진 이 노래를 태연 가수가 리메이크로 불렀습니다. 드라마를 통해 가수 태연이 부르면서 MZ 세대들도 알게 된 노래가 아닌가 싶어요. 유튜브에서 조용필이 부른 〈꿈〉도 듣고 태연 가수가 부른 〈꿈〉도 들어 보았습니다. 가수마다 부르는 곡의 감성은 확실히 다르더군요. 그 노래를 들을 때 청취자의 태도에 따라, 환경에 따라서도 역시나 느낌이 달라집니다.

가사가 참 위로를 줍니다. 사람들은 누구나 자신만의 꿈을 찾아 화려한 도시를 찾아가죠. 여기서 말하는 화려한 도시는 원대한 꿈일지도 모릅니다. 사람들은 누구나 꿈을 꾸고 이루기 위해 무던히도 애를 쓰죠. 그 애씀이 결과적으로 힘들어질 때 좌절 하기도 하고, 포기도 해요. 실패할 때는 저마다 자기만의 고향을 찾아가고 싶어집니다. 그 고향의 향기가 다시 꿈을 찾아가기 위한 쉼터가 되는 것입니다.

열한 살 때 꿈이 작가였어요. 우연히 교내 백일장 부터 성년이 된 후 신문사 공모 전도 수상을 했습니다. 자연스럽게 마음에 작가의 꿈을 품고 살았어요. 현실에서의 작가가 된다는 것은 쉽지 않았습니다. 전업 작가로서의 수입 문제도 그렇고, 책을 출간하는 과정도 그 당시에는 어려웠습니다. 작가의 꿈은 어느 날부터인가 날개를 하나씩 떼어 내어 마음속 깊은 상자에 담아 고이고이 접어 넣어 두었어요. 접은 기억 상자에 자물쇠를 달아 버리고 돈이 될 수 있는 직업을 찾아 20년을 달려왔어요. 내 마음속에 담아 두었던 작가의 꿈은 죽지 않고 살아 있었습니다. 꿈의 상자 속에서 꺼내어 주길 바랐는가 봅니다.

어느 날 우연히 본 광고를 통해 나의 꿈이 움직이기 시작했어요. 바로 대학원 모집 광고였습니다. 20년 동안 요리 강사로 살다가 남은 인생은 작가로 다시 살아보고 싶어졌어요. 문예 창작콘텐츠학과에 원서를 내고 합격했어요. 5학기의 수업을 다 마치고 졸업 후 1년 만에 나의 책을 한 권 출간했습니다. 물론 그 과정에는 '매일'이라는 단어가 있었어요. 매일 책을 읽고 글을 쓰다 보니 꿈이 이루어졌습니다. 화려한 도시를 찾아 헤매던 시간이 결코 결실로 당장 이어지지 않더라도 꿈을 포기하지 않는다면 나만의 꿈을 이룰 수 있어요. 잠시 꿈을 접어 두고서라도 고향의 향기에 위로를 받는다며 언제든 꿈은 다시 살아납니다.

　누구에게나 고향의 향기가 있어요. 나만의 장소이거나 엄마의 따스한 포옹이거나 친구의 진지한 태도이거나 나의 고향이 될 수 있고, 여행 장소가 되거나 내가 좋아하는 음악을 통해 마음의 향기를 취할 수 있습니다. 고향의 향기는 한 가지가 아니라 복합적일 수도 있어요.

　돌이켜 보면, 나의 고향도 복합적입니다. 전진했다가 일보 후퇴할 때 찾는 곳은 어디일까? 생각해 보세요. 나의 책상에서 펼쳐지는 책으로부터 위로를 받을 수도 있습니다. 어느 날 우연히 듣던 노래나 음악이 나의 고향이 될 수도 있어요. 누군가와 대화를 나누거나 일기를 쓰면서 치유를 받을 수도 있습니다. 내가 머무는 곳이 아닌 낯선 곳으로 여행을 가는 것도 복합적인 마음의 고향이 될 수 있어요.

꿈을 이루어 가는 과정은 축복이자 행복일 것입니다. 꿈을 위해 누구나 삶에 대해 충실하거나 애를 씁니다. 그 애씀이 헛되지 않도록 항상 고향의 향기는 내 주변에 머물고 있다는 것을 잊지 말아야 합니다. 〈꿈〉 가사처럼 꿈이 이루어지는 과정이 괴로울 땐 차라리 슬픈 노래를 불러요. 노래를 부르다 보면 조금은 내 상황이 더 나음을 알게 되지 않을까요? 꿈은 바로 이루어지기도 하지만, 오랫동안 머물러 있다 이루어지기도 해요. 마음에 품은 진정한 꿈은 고향의 향기를 통해 꼭 이루어집니다.

22

슬퍼도 살아야 하는 믿음
– 〈나 가거든〉, 조수미

"나 슬퍼도 살아야 하네.
나 슬퍼서 살아야 하네.
이 삶이 다하고 나야 알 텐데.
내가 이 세상을 다녀간 그 이유."

– 〈나 가거든〉 중에서

어느 날 듣게 된 명성 황후 OST 〈나 가거든〉이 내 마음에 들어와 내 삶을 뒤돌아보게 했습니다. 어느새 50대 중반이 되어 살아가고 있는 이 시간을 매일매일 살아 내고자 하는 나에게 귀 기울여 보았어요. 싱글 맘이 되어 두 아이를 홀로 키워 낸 시간이 그토록 힘들거나 서럽다는 생각조차 해 보지 못했습니다. 홀로 아이를 키우는 시간이 바빴어요. 밖으로는 생활비를 벌어야 했고, 안으로는 상처 입은 아이들을 품어야 했습니다. 눈물을 흘릴 시간조차 없었던, 아마도 슬퍼도 살아야 했고, 슬퍼서 살아야 하는 이 삶을 그대로 받아들여서 다행이었습니다.

싱글 맘이라고 해서 슬픔만 있었던 것은 아닙니다. 나를 향해 관심과 사랑을 나눈 가족들과 친구들과 이웃들이 있었기에 내 슬픔 속에서도 행복했어요. 아이들은 이제 성인이 되었고, 각자의 길을 찾아 나아가고 있습니다. 나의 길은 전문화되어 있고 또 다른 꿈들이 하나둘씩 이루어지고 있습니다. 내 곁에 글쓰기와 책이 있었기에 이 세상을 다녀간 이유와 기록으로 남아 슬퍼하는 이들이 있을지라도 나는 그저 행복할 것임을 알게 되었어요. 내 삶이 슬퍼도 살았고 슬퍼서 살아왔던 시간이 있었기에 지금의 내가 있는 것이 아닐까요? 비록 삶의 아픔이 상처로도 남아 있지만, 잘 극복하고 살아가는 용기가 생길 수 있었던 것도, 함께 슬퍼도 살아 냈기 때문입니다.

어느 날 밤에 스치는 바람이 나에게 속삭이듯 말을 건네는 것처럼 내가 쓴 글 위에 송이송이 포도알처럼 나를 아끼고 사랑하는 사람들의 사랑이 달려 힘듦도 떼어 낼 수 있었을 겁니다.

지금 나의 시간은 슬프지 않아요. 이제는 슬퍼도 슬퍼서도 아닌 모든 것이 감사하므로 살고 있습니다. 감사하지 않은 삶을 살았을 때와 감사함을 알고 사는 삶이 완전 다릅니다. 놀랍게도 감사하면 삶이 슬퍼도 살아집니다. 『800일간의 독서 여행』 저서에도 썼던 이야기이지만, 3년 동안 감사 일기를 썼어요. 그 감사 일기는 지금 친구와 매일 한 줄 쓰기로 이어지고 있습니다. 감사하며 살았기에 나의 아이들이 부디 자신을 사랑하며 감사할 줄 아는 삶을 살도록 독서와 글쓰기, 감사 일기를 당부하고 싶어지는 밤이에요. 밤이 있기에 낮이 더 눈부시게 찬란하다는 것을 알아 가고 있습니다. 새벽이 가장 까만 밤이지만 바로 아침의 태양이 떠오르기에 어두웠다는 것을. 누구나 아는 진리입니다.

정여울 작가의 『끝까지 쓰는 용기』를 읽다 보니 글을 쓸 때 끝까지 써 내는 용기처럼 끝까지 살아 내는 용기가 정답이라는 생각이 듭니다. 우연히 스치듯 보게 된 SNS에 금메달을 받았던 레슬링선수의 인터뷰를 보니 결국 꾸준히 노력하는 이와 간절함이 가득한 이가 목적에 다다르는 것 같습니다. 사람들은 진리의 단순함을 인정하지 않고 뭔가 다른 쉬운 방법을 찾아 나서서 중간에 포기하는 일이 생깁니다. 완주의 힘을 믿어 보세요. 우리가 살아가는 시간이 힘들지라도 완주하면 분명, 이 세상을 다녀간 이유를 알게 될 겁니다. 슬픔 속에도 행복이 있었다고 모두가 알게 되겠지요.

김혜남 작가의 『만일 내가 인생을 다시 산다면』에서 "완벽한 때를 기다리지 않는다."라고 말합니다. "빈 구석이 많은 자리를 채우는 재미로 살아왔고 살아갈 것."이라고도 말하지요. 이처럼 빈 구석을 채우는 용기도 있고 감사로 불안이나 걱정을 막으면 됩니다. 우리에게는 끝까지 해내는 완주의 힘도 있어요. 이렇게 노래 한 곡이 바람에 스치듯 나의 마음을 숨 쉬게 합니다. 노래를 들을 때마다 나의 마음을 열어 들여다보고 쓰다듬어 주고 귀 기울여 보세요. 한결 나음을 알게 됩니다. 오늘도 당신의 노래는 숨결이 되어 나를 숨 쉬게 합니다.

23

한 걸음 늦게 간다고 늦지 않아
— 〈Viva La Vida〉, 콜드플레이(Coldplay)

”Never an honest word

(진실함은 존재하지 않네).

But that was when I ruled the world

(내가 통치하던 그때처럼)."

— 〈Viva La Vida〉 중에서

〈비긴 어게인〉이라는 음악 프로그램을 보다가 희망찬 목소리의 혜원 가수가 〈Viva La Vida〉를 노래하는 것을 시청하게 되었습니다. 그녀는 〈Viva La Vida(인생 만세)〉를 부르기 전 곡에 관한 이야기를 해 주었어요. 멜로디는 매우 희망적이고 경쾌하지만, 왕의 몰락 전, 후 가사라고 소개합니다. 그녀가 이 곡을 선택한 이유는 그 길을 가려면 '버텨야' 하기 때문이라고 말했어요. 그리고 "그 말을 듣는 사람도 버티고 있으니 올 한 해도 우리 잘 버티자."라고 말을 마쳤습니다. 희망차게 노래를 부르는 그녀의 모습이 잘 전달되었어요. 바다 가수는 혜원 가수의 모습이 여전사 같았다고 말했습니다. 제가 보기에도 마치 그러했어요. 인생의 전투에 두려움 없이 나아가는 여전사의 용기를 듣는 듯했습니다.

〈Viva La Vida(인생 만세)〉 원곡의 가수는 콜드플레이(Coldplay)입니다. 힘으로 만든 권력은 영원할 수 없고, 인생무상, 돈과 권력은 하루아침에 사라질 수 있다는 내용의 은유한 곡이라고 해요. 이 곡의 가사는 역사적, 기독교적 참고 문헌을 담고 있고 이 노래를 작곡할 때 얻은 영감을 준 것이 있다고 합니다. 바로 프리다 칼로(Frida Kahlo)가 1954년에 그린 수박 그림이라고 합니다. 이 수박 그림은 프리다 칼로가 자신 인생의 고통스러웠던 면을 승화시킨다는 해석을 받고 있다고 해요. 프리다 칼로는 이 그림을 완성하고 8일 후 사망했다고 합니다. (위키백과와 나무 위키를 참조하였습니다.)

수박 그림에는 스페인어 'Viva la Vida.'라고 쓰여 있습니다. 칼로는 교통사고로 하반신 마비가 왔지만 죽을 때까지 그림을 놓지 않았던 화가입니다. 살면서 서른다섯 번의 수술을 받으면서도 인생을 포기하지 않고 최선을 다해 그림을 그리며 행복했다고 합니다. 정말 멋진 화가였어요. Viva la Vida!

살면서 누구에게나 힘들고 어려운 일들이 닥칩니다. 착한 사람에게도 마찬가지죠. 대면이 두렵기는 하지만, 용기를 갖고 부딪히면 해낼 수 있습니다. 혜원 가수의 곡 해석처럼 버티면 됩니다. 살면 살아집니다. 포기하지 않으면 살아가는 방법은 생기기 마련이에요. 누구에게나 회복 탄력성은 있어요. 삶을 살아 내고자 하는 지속 가능성도 우리에게는 있습니다. 인생의 권력이나 돈이 전부가 아닙니다. 어떻게 살아가느냐는 각자의 몫이에요. 어떤 방향으로 어떤 자세로 살아가느냐가 중요합니다. 진정성 넘치는 마음을 갖고, 한 수저의 용기를 더하면 살아져요.

가나아트센터에서 전시 중인 박대성 화백의 〈소산 비경〉 전(展) 소식을 듣고 관람을 하게 되었습니다. 그저 한국 수묵화려니 생각했어요. 막상 가서 직접 그의 그림 크기를 보고 놀랐어요. 더군다나 그의 팔은 하나뿐입니다. 왼쪽 팔이 없어요. 오른팔로 그 큰 그림들을 모두 그렸습니다. 학교는 중학교까지만 나왔다고 해요. 그림도 독학이긴 하지만, 우수

한 스승들을 직접 찾아가서 배우기도 했다고 합니다. 또 하나의 스승은 여행과 견문이라고도 말했어요. 크기가 어마어마해서 한마디로 입이 쩍 벌어지고 그의 그림에 압도를 당했습니다. 얼마나 많은 그림을 그렸는지, 보기만 해도 놀라워서 붓을 내려놓은 시간이 얼마나 되는지 물어야 할 판이에요. 그만큼 그림에만 매달렸을 것 같다는 말입니다. 역시 대작은 거저 나오는 것이 아니에요. 얼마나 많은 시간과 노력이 필요한지를 박대성 화백의 전시를 보고 깨닫습니다. 박대성 화백은 대만에서 유명한 화백의 그림을 보고 자신의 그림이 초라하게 느껴졌다고 합니다. 한국에 돌아와 경주에서 가장 한국적인 그림을 그려 보려 했다고 합니다. 한쪽 팔이 없음에도 불구하고 용기를 갖고 그림을 그린 박대성 화백은 인생 만세입니다.

찾아보면 많은 이들의 인생 만세 성공 사례가 있습니다. 인생은 쉽게도 어렵게도 볼 것이 아닙니다. 버티거나 용기를 내거나 살아 내면 반드시 돕는 이들이 나타나고 이겨 낼 수 있어요. 그것이 바로 'Viva La Vida(인생 만세)'입니다.

24

멋진 여행이 기다려
– 〈비행기〉, 거북이

"비행기를 타고 가던 너

따라가고 싶어 울었던

철없을 적 내 기억 속에

비행기 타고 가요."

– 〈비행기〉 중에서

모든 여행은 기대와 설렘이 가득합니다. 인생도 마음대로 되지는 않지만 기대와 설렘이 있어요. 비행기를 처음 탈 때 그 설렘은 두 번을 타도 세 번을 타도 있지요. 거북이가 부른 〈비행기〉를 들으면 멜로디가 신이 나면서 어디론가 여행을 떠나야 할 듯하죠. 우리나라에 아름다운 곳은 많이 있습니다. 이번 여행의 목적은 독립책방과 미술관 투어였습니다. 가장 이국적인 국내 여행지 제주도로 떠나 봅니다.

첫째 날은 제일 먼저 요조 가수가 운영하는 〈책방 무사〉를 방문했어요. 요조 가수가 쓴 책이 많지만, 아무튼 시리즈에 『아무튼, 떡볶이』를 읽었던 기억이 있습니다. 〈책방 무사〉 건물도 제주의 옛 상점 건물을 그대로 사용하고 있더군요. 소박하지만 제주다운 작은 서점입니다. 그녀는 가수이지만 글 작가이기도 하고 예술 방송의 사회를 맡아 진행하기도 합니다. 두 번째는 유민미술관을 둘러볼 생각이었어요. 건축가 안도 다다오의 건물을 좋아합니다. 그의 건축물 중 미술관이나 박물관이 제주도에 몇 군데 있어요. 본태박물관도 안도 다다오의 작품입니다. 그러나 인생은 역시나 계획대로 되지 않아요. 하필 두 번째 계획은 휴관으로 가 보지 못했습니다. 세 번째는 소심한 책방 외 무인 책방이나 북카페를 둘러볼 예정이었습니다. 다행히도 소심한 책방은 방문할 수 있었어요. 제주 책방의 특징은 아마도 제주다운 건물이라는 생각이 큽니다.

둘째 날은 날씨가 생각만큼 좋지는 않았습니다. 이번 여행은 동쪽에 머물 생각이었는데 미술관과 책방을 돌아볼 생각에 제주를 한 바퀴 다 돌아보았네요. 김창열 시립미술관과 현대미술관을 돌아보는 동안에 제주의 부드럽고 거친 바람을 만났습니다. 제주시로 갈수록 비행기가 수시로 날아오르고 착륙하는 모습을 점점 가까이 볼 수 있더군요.

셋째 날은 차를 일찍 반납하고 제주시의 유명한

장소를 좀 다녀 보려 했지만, 역시 계획대로 되지 않는 여행 일정입니다. 제주시의 헌책방 두어 곳을 다녀보았어요. 헌책방을 운영하기 위해 감귤밭을 가꾼다는 주인장의 책 사랑이 보였습니다. 제주의 독립책방을 돌아보고 난 후 미래의 〈나엘 책방〉 (현재 〈나엘 책방〉은 1인 독립출판사입니다.)이라는 공간을 꿈꾸어 봅니다. 책을 좋아하는 사람들이 배를 채우며 수다 떨 수 있는 맛있는 책방이 되고 싶어요.

 낯선 곳으로의 여행은 어디나 여행이 됩니다. 가보지 않은 낯선 동네를 찾아 시간 날 때마다 여행 삼아 다녀 보는 것도 즐거운 시간을 만들어 줄 것 같아요. 특히 우리의 몸 신체 중 뇌가 좋아하는 것이 바로 새로움이에요. 새롭다는 것은 안가 본 곳을 여행하거나, 새로운 학문을 공부하는 것입니다. 예를 들면 올해 영어 공부를 했다고 하면 내년에는 일본어를 공부하는 것이 전두엽을 충족시켜 치매로 가는 길을 막아 준다고 합니다. 직접적인 여행이 아니라면 글쓰기와 독서도 좋은 간접 여행이자 취미가 됩니다. 글쓰기와 독서는 새로운 것을 입력(input)하거나 출력(output)하기에 좋아 전두엽에 좋을 거예요.

거북이의 '비행기' 노래를 들으니 어디 낯선 곳을 찾아 떠나가고 싶어집니다. 낯선 여행 장소로 비행기를 타 기전에 겪는 떨림과 어설픔이 바로 우리의 설렘이 아닐까요? 그 설렘은 아마도 파란 하늘 위로 훨훨 날아가고픈 모두의 꿈인지도 모릅니다. 〈비행기〉 노래의 가사 중 "비행기를 타고 가던 너 따라가고 싶어 울었던 철없을 적 내 기억 속에 비행기 타고 가요."에서 공감되는 부분이 어렸을 때 언니들이 수학여행을 갈 때 함께 따라가고 싶었던 그 마음처럼 느껴졌습니다.

여행은 언제나 꿈이 되는가 봅니다. '비행기' 단어는 여행을 꿈을 꾸며 사는 사람들에게는 설레는 단어입니다. 비행기를 타고 싶어 하는 마음처럼 우리 마음에 꿈이 가득하면 좋겠습니다. 모리스 할머니를 아시나요? 76세에 그림을 그리기 시작해 101세까지 1,600점을 그리고 많은 전시와 함께 지금까지 사랑받는 화가로 전해집니다. 애나 메리 로버트슨 모지스의 『인생에서 너무 늦은 때란 없습니다』에서 "결국 삶이란 우리 스스로 만드는 것이니까 언제나 그래 왔고, 또 언제나 그럴 거야."라고 말하지요. '비행기'라는 단어에 꿈을 실어 날아 볼 시간이 많기를 바랍니다. 꿈을 노래처럼 부르다 보면 어느새 나의 발은 꿈의 궁전에 도착할 겁니다.

25

내 삶의 모든 이유
– 〈미안해 미워해 사랑해〉, 크러쉬(Crush)

♪

"사랑했던 나의 진심이,

사랑받던 모든 기억이

내 모든 이유.

유일한 이유."

– 〈미안해 미워해 사랑해〉 중에서

백 년을 살지 않은 인생입니다. 앞으로도 살아갈 시간이 남아 있다면 여전히 미안해하고 미워하고 사랑할 거예요. 결국, 인생은 사랑으로 결론을 짓게 될 겁니다. 인생 안에는 〈미안해 미워해 사랑해〉라는 보편적인 단어가 있습니다. 이 감정들을 어떻게 상대에게 잘 전달했느냐가 중요합니다. 세상에 태어나 지금까지 살아오면서 감정의 변화가 일어나던 날이 많이 있었습니다.

평생에 처음으로 해외 연수를 가던 날.

사랑하는 사람을 만나 결혼을 하던 날.

첫 아이를 낳고 부모님 생각이 나던 날.

초등학교 학부모가 되던 날.

사랑했던 사람과 헤어지던 날.

첫 책을 출간하던 날.

대학을 졸업한 자녀가 첫 취업을 하던 날.

자식이 성인이 되어 독립하던 날.

아버지가 돌아가시던 날.

아마도 수많은 감정의 변화가 삶에 곳곳에서 일어났지만, 특별히 기억되는 날들은 여러 가지 감정들이 가득한 날입니다. 미안하고 미워했던 그리고 사랑했던 그 모든 이유가 특별해서지요

5월이 되니 작년(2023년)에 돌아가신 아버지가 생각났습니다. 어버이날이 다가와서 그럴까요? 지난해 마지막 달 30일 새벽에 하나님의 부르심을 받아 하늘로 돌아가신 아빠. 숨을 거두시기 전까지 아내와 자녀, 동생, 손주까지 다 인사하고 떠나셨습니다. 모두가 호상이라고 위로해 주었지만, 마음이 아픈 부분도 있습니다. 돌아가시기 전 아버지의 마지막 생활은 요양원에서 한 달 정도 계셨습니다. 아버지는 요양원에 가고 싶어 하지 않았지만, 엄마는 홀로 돌봄이 불가했어요. 노인이 노인을 돌보는 것은 어렵습니다. 자녀들도 모두 각자의 일이 있어 아버지를 돌보는 것이 사정상 어려웠습니다. 가족의 합의로 보내고 말았던 일이 지금에 와서 후회됩니다.

요양원에서 죽음을 기다리는 마음이 얼마나 힘들었을까? 얼마나 외로웠을까? 생각하니 점점 마음이 아프네요. 누구나 외로운 인생이지만 죽음을 기다릴 때 마음이 더 외로웠을 겁니다. 지금은 홀로 계신 엄마도 마찬가지일 거예요. 아빠는 그래도 엄마의 손길이 끝까지 닿았었죠. 엄마는 아빠를 떠나보낸 이후 홀로 살고 계십니다. 외롭겠다는 생각을 하면서도 엄마를 부양하지 못하는 이기적인 마음이 무겁습니다. 미안하고 사랑합니다.

세상 모든 엄마의 자식을 향한 마음은 똑같을 것 같아요. 물론 아빠의 마음도 마찬가지일 겁니다. 성인인데도 독립을 한다고 하니 마음이 편하질 않아요. 너무 이른 나이에 딸아이가 스스로 독립을 선언했습니다. 가정을 이루어 나가는 독립이 아니라서 엄마로서는 불안하다는 생각이 들어요. 모든 부모의 마음은 내 자녀가 안전하길 바라기 때문입니다. 부모의 눈에는 자녀가 여전히 어린아이와 같아 보이는가 봐요. 쉽게 독립을 시키는 게 어렵습니다. 그저 하나님 손에 아이를 맡기며 기도하는 수밖에 없다는 생각입니다. 염평안(feat. 조찬미)의 〈요게벳의 노래〉를 들으니 눈물이 납니다. 아이가 현명하게 자신의 꿈을 펼쳐 나가길 기도하며 바랄 뿐이지요.

"딸, 많이 챙겨 주지 못해 미안해. 말을 안 들어서 밉지만, 그래도 사랑해."

〈미안해 미워해 사랑해〉 노랫말에는 '사랑했던 나의 진심이, 사랑받던 모든 기억이 내 모든 이유. 유일한 이유.'라고 애절하게 노래합니다. 그렇습니다. 우리는 살면서 사랑했던 진심이 있어요. 또한, 사랑받았던 모든 기억이 있습니다. 살아가면서 어쩔 수 없이 미운 마음도 있습니다. 사랑하는 모든 이에게 미안함도 미워함도 사랑함도 다 있어요. 이 모든 감정이 살아갈 수 있는 유일한 삶의 이유가 될 것입니다. 서로에 대한 믿음이 더 커서 우리는 미안해하기

도 하고 미워하기도 할 겁니다. 그래도 끝까지 사랑

하면 잘 살아갈 수 있을 거예요.

부록

"나를 사랑해 주는
나의 사람들과
나의 길을 가고 싶어."

– 황규영, 〈나는 문제없어〉

사람들은 누구나 기억에 사랑하는 사랑들이 있습니다. 사랑하는
사람들과 영원히 함께 있고 싶은 마음이 똑같다는 것을 깨닫습니
다. 노래를 들을 때 느낌이나 회상 그리고 기억이 각자 다를 거예요.
노래가 숨결이 될 때 큰 기쁨이 됩니다.

01

나의 소원 '야발라바히기야'

– ⟨덩크 슛⟩ , 이승환

"얼마나 멋질까.

하늘을 날 듯이 주문을 외워 보자.

야발라바히기야 야발라바히기야."

– ⟨덩크 슛⟩ 중에서

'나 때는 말이야.'

아이들이 싫어하는 말이다. 학생들을 가르치는 직업을 가진 나는 매일 초등학생부터 고등학생까지 다양한 학생을 만난다. 아이들은 연예인에게 관심이 많다. 특히 걸 그룹과 보이 그룹 가수에게 관심이 많은데 각자 좋아하는 가수 이름이 다르다. 영어로 된 이름이 길고 복잡해서 잘 기억하지도 못한다. 아이들은 자기가 좋아하는 가수 이름을 이야기하며 한껏 행복한 표정을 짓는다.

고등학생인 나의 딸은 얼마 전 생애 처음 고등학교 중간고사를 경험했다. 중간고사를 준비하던 딸의 귀에는 항상 무선 이어폰이 꽂혀 있었다. 좋아하는 노래를 들으며 공부하면 더 집중이 잘된다고 했다. 딸의 모습을 보면서 내 고등학교 시절 모습이 떠올랐다. 딸은 지금 무선 이어폰을 쓰지만 나는 유선 이어폰을 썼다. 요즘 아이들은 휴대전화로 노래도 듣고 영화도 보고 공부도 한다. 하지만 나의 학창 시절에는 휴대용 카세트 플레이어가 나의 마음을 위로해 주고 즐겁게 해 주었다. 휴대용 카세트 플레이어로 라디오 듣는 것을 좋아했다. 야간 자율학습 시간에 선생님 몰래 이어폰을 귀에 꽂고 라디오를 들으며 공부했다. 라디오 사연을 들으며 혼자 킥킥 웃는데 나와 같은 라디오 채널을 듣는지 같은 대목에서 웃다가 나와 눈이 마주친 친구도 있었다. 그러면 '너도?'라는 눈빛으로 서로 눈빛을 주고받았다.

내가 고등학교에 다닐 때는 젝스키스, HOT, 신화, SES, 핑클 등 1세대 아이돌이 대유행하던 시절이었다. 모두 아이돌을 좋아할 때 나는 가수 이승환을 좋아했다. 이승환의 새 앨범이 출시되면 바로 달려가 샀고 노래를 듣기 전에 가사를 먼저 읽어 보곤 했다. 이승환 노래의 가사 중 무언가 하나 마음에 콕 박히면 종일 그 노래만 들었다. 카세트 플레이어의 반복 버튼을 눌러 계속 그 부분만 듣기도 했다.

고등학교 시절 가장 많이 들었던 노래는 〈덩크 슛〉이라는 노래다. 내가 고등학생이 되기 훨씬 전부터 나온 노래인데 그 노래를 듣고 있으면 내 소원이 이루어질 것 같은 착각이 들었다. 사람들이 간절한 소원이 있으면 자신이 믿는 종교를 찾듯 나는 〈덩크 숏〉을 찾았다. 시험을 망쳤거나 이루고 싶은 일이 있을 때마다 듣고 또 들었다. 어느 대학에서 주최했던 백일장에 도전하며 이 노래를 들었다. 글을 써서 우편으로 접수했다. 우체통에 내가 쓴 글을 넣으며 노래 가사에 나오는 '야발라바히기야'를 몇 번이나 읊조렸다. '야발라바히기야'는 '모든 일이 원하는 대로 돼라'는 뜻으로 〈덩크 숏〉 노래 가사에 나온다. 그 힘이 통했는지 나는 그 대학 백일장에서 2등 상을 받았고 상금도 두둑하게 받았다. 그래서 여전히 〈덩크 숏〉이 나에게는 행운을 주는 파랑새처럼 남아 있다.

큰딸의 중간고사 기간이 끝나고 잠시 여유로운 시간을 보내고 있다. 고등학생인 아이에게 긴 여유는 주어지지 않는다. 곧 다시 시험을 위해 달려야 하고, 피로와 압박감에 시달려야 한다. 나도 그런 고등학교 시절을 보냈는데 20년이 훌쩍 지난 요즘에도 여전히 되풀이되고 있다는 것이 놀랍기도 하다. 시험 결과에 만족하지 못한 딸이 자신에게 실망하며 고개를 숙일 때 마음이 아팠다. 앞으로 기회는 많이 있고, 여기가 끝이 아니라 시작이라는 흔한 말만 하게 되는 부모라 더 마음이 쓰인다. 딸의 대입은 아직 저 멀리 있지만, 그때까지 딸의 몸과 마음이 상하지 않고 목표에 도달할 수 있기를 바란다. 그때까지 나의 소원 야발라바히기야!

글 작가 소개: 유정미

저서로는 『아름다운 집착』 『마음이 무너질 때마다 책을 펼쳤다』 『한 달에 100만 원씩 더 버는 N잡러의 비밀』(공저)가 있습니다.

아이들을 19년째 가르치고 있는 〈유쌤 논술〉 대표이자 브런치 작가와 강연가로도 활동합니다.

02

비처럼 음악처럼 하루, 살다.

— ⟨Everything Happens to Me⟩,

첼 베이커(Chet Baker)

"That love would turn the trick to end despair

(사랑은 절망을 끝내 줄 방법을

알 거라 생각했죠)."

— ⟨Everything Happens to Me⟩ 중에서

하루 종일, 되는 일이 없는 날이 있다. 우산을 가지고 나가지 않은 외출 길에 비를 만나 당황스럽고 속상했던 그런 하루, 누구나 있을 것이다. 고작 하루 운이 없었을 뿐인데 인생 전체로 확대해서 해석하고 우울해한 적 말이다. 〈Everything Happens to Me〉 노래는 〈A Rainy Day in New York〉 영화에서 배우 티모시 살라메가 피아노를 치며 부른 모습에 매료되면서 좋아하게 되었다. 잔잔한 피아노 선율에 골프 약속을 하면 항상 비가 오고, 파티를 열면 아래층에서 항의가 들어온다는 가사 내용은 우울하지만, 행복한 일상의 투정으로 느껴진다면 이상할까? 감기에 걸리고, 기차를 놓치는 일은 항상 일어난다. 홍역에 볼거리까지 유행하는 독감을 비껴가지 않고 항상 걸려 고생한다. 카드 게임 같은 내기에 항상 지는 일상은 익숙하기만 하다. 그런 징크스를 없애줄 누군가를 기대하고, 누군가를 만나도 변하지 않음에 실망하고 아쉬워하며 하루를 쉽게 허비한다.

하지만 상황을 바꿀 생각 대신 마음을 바꿀 생각을 하는 건 어떨까? 'Everything'를 안 좋은 일이라 생각하지 말고 'Happening'처럼 계획할 수 없는 일로 생각하고 받아들이면 어떨까? 감기에 걸리면 병원에 가고, 기차를 놓치면 다음 기차를 기다리며 지각을 하는 것이다. 게임과 내기에 져서 피자나 맥주 한잔을 친구에게 대접할 기회로 삼으면 어떨까. 지독한 독감에 걸리면 푹 쉬며 건강의 소중함을 새기면 좋지 않을까. 마음을 바꾸면 시선이 달라지고, 잠깐이지만 여유가 생긴다. 좋은 일보다 안 좋은 일들이 매일 반복적으로 일어나는 것은 일상의 현실이다. 운명적이고 치명적으로 슬픈 일이 아니면 된다. 누구나 경험할 수 있는 안 좋은 일은 매일 똑같이 반복되는 하루에서 예측할 수 없는 변화구라고 생각하고 웃어 버리면 어떨까. 예상하지 못한 비에 옷이 젖으면 집에 도착해 갈아입으면 그만이다. 비를 만나 마음대로 풀리지 않았던 하루의 끝에 집으로 돌아와 따뜻한 물에 몸을 녹이고, 잠옷으로 갈아

입고, 포근한 침대 이불 속으로 들어가 잠을 청하면 모두 사라지는 일들이다. 거기에 잔잔한 피아노 선율의 음악까지 흐르면 모든 것이 괜찮아진다.

글 작가 소개: 이애리

9시에 출근하고 5시에 퇴근하는 일상을 사는 평범한 직장인입니다. 그리고 '친정엄마와 시어머니'를 소재로 전시, 작업하면서 예술적 일상을 살고 있습니다.

텍스트의 힘이 사라진 이미지의 시대에서 텍스트와 이미지를 결합하고, 과거의 기억과 현재의 일상이 만나는 지점을 가지고 작업합니다. 보이지 않는 기억을 탐구하고, 그리움이라는 감정을 쓰고, 그리는 작업을 합니다.

03

그냥 그 자리에 있어 주세요

– 〈기억이란 사랑보다〉, 이문세

"기억이란 사랑보다 더 슬퍼.

기억이란 사랑보다 더 슬퍼."

– 〈기억이란 사랑보다〉 중에서

우리나라 사람들이 세대별로 좋아하는 노래를 벤 다이어그램으로 분류해 본다면 여러 원이 겹치는 교집합 부분에 이문세 노래가 꽤 큰 비중을 차지하고 있지 않을까 싶다. 나온 지가 벌써 수십 년이 된 노래인데도 〈소녀〉, 〈사랑이 지나가면〉, 〈광화문 연가〉, 〈깊은 밤을 날아서〉, 〈붉은 노을〉, 〈사랑은 늘 도망가〉 등은 계속해서 여러 가수에게 리메이크되어 이문세를 잘 모르는 젊은 세대들에게도 많은 사랑을 받고 있기 때문이다.

몇 해 전인가 이문세가 텔레비전 방송에 나와 노래 부르는 모습을 보고 눈물을 왈칵 쏟은 적이 있다. 노래가 감성을 자극해서 그랬을까? 문득 가슴 아린 옛 추억이 떠올라서 그랬을까? 아니, 그런 이유가 아니었다. 그저 고맙기 때문이었다. 혼란스럽던 사춘기 시절 라디오를 통해 날마다 나에게 아버지보다 더 많은 말을 해 준 그가 건재하다는 사실 자체가 너무나 고마워서였다.

학창 시절 이문세가 진행하던 '별이 빛나는 밤에'라는 라디오 프로그램을 들으며 겨우 숨을 쉴 수 있었던 소녀가 어느새 "잘 지냈어?"라든가 "그동안 별일 없으셨어요?"라는 인사의 무게를 아는 중년이 되었다. 오랜만에 지인과 연락이 되어 별생각 없이 건넨 가벼운 인사는 "나 그동안 어디가 아팠어.", "그동안 누가 돌아가셨어."라는 무거운 소식으로 되돌아온다. 자주 연락하지 않는 사람에게 갑자기 연락이 오면 무슨 나쁜 소식이 있나 싶어 가슴부터 철렁 내려앉는 요즘이다.

가쁘게 들숨 날숨을 쉬다가 숨차지 않게 숨을 적당히 고를 줄도 알게 된 시간을 살아 내는 동안 아버지를 떠나보냈다. 아버지의 빈 자리는 버스 안에서 들리는 추억의 노래처럼 예기치 않은, 아주 사소한 순간에 찾아온다. 귀찮음을 이기지 못해 새달이 되고도 며칠이 지난 뒤에 무심코 그 전달 달력을 뜯을 때 아버지가 떠오른다. 우리 아버지는 매달 말

일이면 방방이 돌아다니며 달력을 직접 뜯어 주셨다. 밤늦게까지 일하다가 불을 켠 채 책상에서 부스스 눈뜰 때도 아버지가 떠오른다. 새벽에 화장실 가시다 내 방문 틈새로 불빛이 새어 나오면, 문을 빠끔히 열고 "이제 그만 좀 자지." 하며 혀를 끌끌 차시던 아버지. 새달이 오기 전 달력을 뜯어 줄, 늦은 밤 불 켜 놓고 자는 딸 방의 불을 꺼 줄 아버지가 안 계신 지도 이미 한참 되었다. 아버지가 돌아가신 뒤 '사랑하는 사람의 부재'란 '그와 함께한 기억이 주는 고통과 싸우며 살아가야 한다는 뜻'임을 아주 절실히 깨닫게 되었다. "기억이란 사랑보다 더 슬퍼."라는 이 노래의 가사처럼 아버지에 대한 티끌 같은 기억이 문득문득 가슴을 찌른다.

이문세를 그 방송에서 보기 1년 전쯤 가수 신해철이 급작스럽게 죽었다. 신해철의 노래 또한 내 사춘기 플레이리스트의 상당 비중을 차지하고 있었기 때문에 그의 죽음은 엄청난 충격으로 다가왔다. 그

무렵은 이상하게도 유명인 누구누구가 죽었다는 기사가 많이 나오던 시기였다. 아버지와 신해철을 포함해서 내가 사랑했든 사랑하지 않았든, 나와 관련이 있었든 없었든 나와 같은 시대를 살았던 사람이 세상을 떠났다는 소식은 점차 충격 아닌 두려움이 되었다. 견고하게 나를 지탱하던 세상이 조금씩 허물어지는 기분이었다. 그날의 이문세를 보기 전까지는 이문세가 암 투병을 하고 있다는 소식만 얼핏 들은 상태였다. 그 소식이 너무 안타까워서 기사조차 찾아보지 못했다. 그런데 우연히 튼 텔레비전 방송에서 그가 건강한 모습으로 노래를 부르고 있는 것이 아닌가! 그런 그가 얼마나 고맙고 반가웠는지 모르겠다. 최근(2024년) 소식을 찾아보니 이문세가 성황리에 전국 투어 콘서트를 진행하고 있다고 한다. 원래 있던 자리에 그대로 있어 주는 그가, 여전히 고맙다.

알게 모르게 지금의 나를 형성하는 데 도움을 준

사람들. 아름다운 기억으로 나를 지탱해 주는 사람들. 그런 사람들이 이제는 나이가 들어 '꼰대'라고 불리기도 한다. 그런데 나는 꼰대라도 좋다. 내 사람들이 지금처럼 그냥 그 자리에 그렇게만 있어 주면 좋겠다.

글 작가 소개: 이은서

이문세 오라버니의 목소리와 노래를 귀로 야금야금 먹으며 성장했고, 오래오래 아이들과 책과 글로 소통하며 살기를 소망하는 사람입니다. 저서로는 어린이 책 『사르르 화를 풀어 주는 파랑』, 『비행기 박물관』, 『넌 누구니?』 등을 썼습니다.

04

진짜 처음 사랑, 첫. 사. 랑.
– 〈두 사람〉, 성시경

♪

"우리 두 사람

서로의 쉴 곳이 되어 주리."

– 〈두 사람〉 중에서

첫사랑은 아니었다. 태어나 처음 만난 사랑이 아니었고, 첫눈에 반한 사랑도 아니었다. 그래서 현재 나의 옆자리에 함께 있는 사람은 절대 첫사랑일 수 없다. 하지만 그를 만나 그와 함께하는 시간에서 첫사랑의 정의는 달라졌다. 사랑은 상대방에 대해 지치지 않는 관심과 바랄 것 없는 배려 속에 단단해지는 믿음이란 걸 그로 인해 깨달았기 때문이다.

연인이 되기 전 우연한 기회에 우리는 나들이를 함께 하게 되었다. 그리 춥지도 덥지도 않던 날씨였지만 일교차가 심해 갑작스레 배탈이 나고 컨디션이 나빠졌다. 그때 나의 상태를 살피던 그는 말없이 어디론가 사라졌다. 잠시 후 그는 나에게 말없이 양말 한 켤레를 건넸다. 그는 맨발에 샌들을 신고 다니던 내 모습을 눈여겨보았고, 추위를 느끼고 배탈까지 난 나의 발을 따뜻하게 해 주어야겠다고 생각한 것이다. 그는 나에게 그 이유를 말해 주지 않았다. 하지만 그의 마음을 충분히 다 알 수 있었다. 그때 나에게 건넨 그 양말 한 켤레가 사랑의 시작이었고, 지금까지도 그는 나에게 양말 같은 존재로 내 옆에 있다. 그때의 그 양말이 그가 내게 보여 준 사랑이었고 내가 느낀 그에 대한 믿음이었다. 그때 건네받은 양말로 인해 난 그가 특별해 보였고 그를 향한 사랑을 확신하게 되었다.

그는 그때처럼 여전히 내 곁을 지키며 함께하고 있다. 양말이 보여 준 믿음을 저버리지 않고 키다리 아저씨처럼 내가 힘들 때 기꺼이 어깨를 내어 주고 손잡아 주며 나와 함께 있다.

한때 결혼식 축가로 꽤 유명했고 지금도 종종 그리 부르는 노래이다. 그런데 결혼한 지 15년이 된 나에겐 우리 부부의 걸어갈 길을 다짐하는 듯 들린다. 특히 내가 그에게 해 주고 싶은 말들이 가슴을 파고든다. 사랑하는 내 반쪽, 나의 남편에게 성시경의 〈두 사람〉 이 노래와 함께 나의 마음을 전하고 싶다.

"인생의 어려운 길을 마주하는 어둠의 순간이 찾

아와도 나 역시 당신에게 등불이 되어 주고 싶어요. 당신보다 내가 서툰 것이 많아 여전히 부족하지만, 언제까지나 당신 옆에서 외롭지 않게 함께 있어 줄 게요. 먼 훗날 무지개 저 너머에 우리가 찾던 꿈이 없다 하더라도 함께한 시간이 그 무엇보다 소중하다는 걸 기억해요. 당신이 처음부터 지금까지 나에게 그러했듯, 나 역시 당신이 힘들 때 기댈 수 있는, 쉼이 될 수 있는 그런 사람이 되어 줄게요. 우리 두 사람, 서로의 곁에서 더 많은 시간 함께해요. 처음 그때처럼 함께 있는 오늘을 감사하며 언제까지나."

글 작가 소개 :정은찬

대학에서 국제통상학을 전공하고 고등학교 기간제 교사로 근무했습니다. 결혼 후 전업주부로 지내다 한국방송통신대학교 대학원에서 문예 창작콘텐츠학을 전공하였습니다. 현재 중학교 1, 2학년 연년생 남매의 엄마로서 자기 주도적 학습을 코치하는 역할에 최선을 다하는 중입니다. 나의 아이들이 고등학교를 졸업할 즈음엔 전업주부가 아닌 작가로 내 이름이 알려지길 소망해 봅니다.

05

지친 오늘의 나에게

– 〈나는 문제 없어〉, 황규영

♪

"나를 사랑해 주는
나의 사람들과
나의 길을 가고 싶어."

– 〈나는 문제 없어〉 중에서

생각해 보면 아주 어린 시절을 제외하면 걱정이 없던 시절이란 없었다. 초등학교 때는 뜀틀에서 앞구르기를 어떻게 해낼지가 걱정이었고, 중학교 때는 형편없는 노래 실력이 탄로 날 가창 시험이 고민이었다. 그 정도만 걱정하며 살았으면 좋았을 텐데, 어느 날 갑자기 든든했던 아빠를 잃은 후로는 늘 허둥대는 내 마음이 근심거리였다. 내가 무엇을 하고 싶은지, 무엇을 할 수 있는지 모른다는 사실이 나를 불안하게 만들었다. 먹고사는 일에 동동대는 엄마 앞에서 대학에 가야겠다고 떼를 쓸 수 없어 외로웠고, 어떻게 대학생이 되고 난 뒤로는 학기마다 내야 하는 등록금이 부담이었다.

직장을 구하고도 여전히 안정을 얻기란 쉽지 않았다. 직장 동료와 한집에 살던 시절, 출근길의 우리는 버스 정거장으로 가는 육교를 건널 때마다 사표를 내미는 상상을 했다. 여행사 직원이었던 우리는 비행기를 타고 오가는 사람들과 외국 여행을 떠나는 사람들을 상대했는데 그들의 안전한 여행을 위해 주말에 돌아가며 당직을 서야 했다. 여권, 비자, 항공, 해외 일정, 특히 신혼여행(!) 어느 업무에서든 작은 실수도 용납되지 않는 긴장의 연속이었다.

〈나는 문제 없어〉라는 제목의 노래를 처음 들은 것이 그 무렵이었다. 지치고 자신감을 잃어 가던 스무 살 중반의 나는 이 노래가 마음에 들었다. 기억하기 쉬운 반복 리듬과 밝은 분위기가 기분을 좋게 만들었고 마음을 헤아리는 노랫말이 위로와 용기를 주었다. 나 같은 사람이 많았던지 노래는 곧 전 국민이 아는 인기곡이 되었다.

이 노래를 따라 부르면 나를 아껴 주는 사람들의 미소가 떠오르면서 기운이 생겼다. 이제까지 잘 견뎌 온 나 자신이 대견하게 여겨지고 앞으로도 문제 없이 잘 살 수 있을 것 같은 기분이 들었다. 긍정적이고 낙관적인 감정이 뿜뿜 솟아난다고 해야 할까.

시간이 흐르며 점차 이 노래를 들을 기회는 줄었다. 그러나 나는 마음이 지친 날이면 중얼중얼 이 노래를 부르곤 했다. 첫 소절을 부르며 힘을 얻고, 다음 구절을 부르며 힘들어하는 내 마음을 위로한다.

나는 계속 노래를 이어 부르며 생각한다. '지금까지 해 온 것처럼 조금 속상한 오늘도 또 내일도 문제없이 잘 이겨 낼 수 있을 거야. 걱정하지 마.' 황규영의 노래 〈나는 문제 없어〉는 내가 지칠 때마다 나를 격려하는 오랜 좋은 친구다.

글 작가 소개: 최정란

시 낭송가, 그림책 지도사로 활동합니다. 저서 4인 숙제집 『잘하고 싶었는데』, 반려동물 수필 『우린 마음으로 통해』의 공저를 썼습니다.

06

햇살 부서지던 어느 환한 봄날

– 〈엄마의 봄〉, 정미조(feat. 이효리)

"얼굴 붉어 수줍던 엄마는 없네.

고단한 몸이 빛을 잃고

봄 길 앞질러서 떠나 버린 나의 엄마."

– 〈엄마의 봄〉 중에서

엄마는 멀리 강원도 정선 지인의 텃밭에 두릅을 심었다. 어릴 적 흔히 먹어 보던 나물은 아니었다. 요즘은 마트에서 고가의 나물로 알려진 두릅이다. 흔치 않다는 탐욕스러운 호기심으로 엄마가 알려 준 대로 살짝 데친 후 초고추장에 찍어 먹어 보았다. 갖가지 양념으로 조물조물 무쳐서 먹는 다른 나물에 비해 조리법도 간단해서 우선 마음에 들었다. 씻을 때 약간 가시가 있는 듯 억세 보이는 두릅은 데치는 순간 은은한 향기와 통째로 씹었을 때 나는 부드러운 쌉싸름한 맛이 일품이었다. 춘곤증으로 힘들어하던 나는 귀한 산삼을 먹은 듯 기운이 났다. 시금치 백 단을 한꺼번에 먹는 기분이라고 할까. 뭔가 응축된 흙의 정기가 느껴졌다. 그렇게 나는 두릅을 좋아하게 되었다. 엄마는 지하철을 타고 시외버스로 갈아타서 정선에 다녔다. 한참 만에 나타난 엄마의 얼굴은 까맣게 타 있었다. 너무 멀리 가는 건 무리인 것 같아 힘들지 않은지 묻고 노파심에 이것 저것 잔소리를 했다. 엄마는 친구도 만나서 좋고 농

사일도 재미있다며 또 한 아름 농작물을 주었다.

　나는 엄마가 떠난 후 한 번도 함께 가 본 적 없는 정선에 가 보았다. 대중교통을 이용하지 않고 차를 가지고 갔는데도 꽤 길은 험했다. 어떻게 여기까지 왔을까 놀라울 따름이었다. 친구분은 엄마가 자고 가던 방, 엄마가 남긴 옷가지, 함께 농사짓던 텃밭을 보여 주었다. 사람을 좋아하는 엄마는 이곳에서 새로 사귄 친구들과 재미있게 보낸 것 같았다. 어떻게 여기까지 오게 된 것이고 어떤 바람이 불어 농사를 지었을까. 서울깍쟁이 엄마는 자식들을 먹이기 위해 여기까지 와서 그렇게 정성껏 키우고 아낌없이 양식을 주었다. 나는 이제 두릅이 맛이 없다. 옥수수도, 대추도 모두 맛이 없다. 그러나 철없이 계절은 어김없이 오고 또 왔다. 엄마가 남긴 두릅의 힘은 아직 남아 있나 보다. 김애란의 소설 『칼자국』처럼 나의 온몸에 엄마가 주신 음식은 아직도 남아 있나 보다. 어느 날 갑자기 나는 그 계절에 힘이 났다. 두릅의 향기를 맡아보고 싶었다. 나는 엄마처럼 텃밭을 만들어 보았다. 동네에 10평을 분양받아 이랑을 만들고 호미로 땅을 파고 작은 모종을 심었다. 흠뻑 물을 주고 나는 아무도 없는 텃밭에 남아 〈엄마의 봄〉 노래를 우연히 들었다. 아름다운 봄에 나 혼자 덩그러니 남았다는 사실이 서러워서 한참을 울었다.

어린 나는 해 질 녘에 엄마와 함께 버스를 기다리고 있었다. 무심히 올려다본 엄마의 곱슬곱슬한 머리카락과 얼굴이 어우러져 무척 예뻤다. 나는 수줍음 많은 아이였다. 마치 사랑을 고백하듯 엄마의 머리카락을 만지고 품에 파고들며 아름답다고 말했다. 엄마는 환하게 웃었다. 아직 기억하는 젊고 꽃처럼 아름다운 엄마의 모습이다. 젊었던 엄마는 어린 우리들의 손을 잡고 젊은 아빠와 함께 인생을 만들어 갔다. 아빠는 조금 일찍 우리의 곁을 떠났다. 홀로 된 엄마는 어느새 혼자 강원도까지 가는 억척

스러운 여인으로 변해 있었다. 그리고 늙고 무심한 엄마는 서럽게도 이제는 나의 곁을 영원히 떠났다. "한 송이 국화꽃을 피우기 위해 봄부터 소쩍새는 그렇게 울었나 보다"라는 서정주 시인의 시구처럼 이제 막 싹이 올라온 식물을 보며 생명의 위대함을 느낀다. 꽁꽁 얼어 버린 땅이 봄의 바람을 맞으며 조금씩 녹고 새들이 찾아와 노래를 불러 주면 힘을 냈다. 따스한 햇볕은 가끔 변덕을 부리기도 하지만 그래도 봄은 어김없이 왔다. 그렇게 작은 싹을 틔우고 흐드러지게 꽃을 피우고 힘겹게 열매를 맺는 과정은 경외감마저 들게 한다. 아름답다는 것은 위대한 과정이다. 이제 엄마는 후대에 맺을 씨앗을 남기고 자연으로 떠났다. 죽음은 또 다른 씨앗이다. 아름다운 엄마의 인생은 나의 가슴 속에 고스란히 남았다. 엄마의 봄을 기억한다. 식물을 보살피는 일은 현재와 미래를 아름답게 하는 또 하나의 길이다. 모든 것은 연결되어 있고 보잘것없거나 과정을 생략해도 되는 것은 없다. 식물이 엄마에게 들려준 이야기가 궁금하다. 나도 그 이야기를 들을 수 있을까 오늘도 텃밭에 나와 본다.

글 작가 소개: 홍지현

저서로는 『그때처럼 책을 읽을 수 있을까』, 『딸아 기록해 줄래』 등을 썼습니다. 현재 하루 달 출판사 대표와 브런치 작가로 활동합니다.